AQUARIUS

AQUARIUS

AQUARIUS

AQUARIUS

每個人心中都有一座島嶼，

藉文字呼息而靜謐，

Island，我們心靈的岸。

Mr. Adult
大人先生
陳栢青

〈推薦序一〉

時間與抵達之謎

湯舒雯

「我希望讓人喜歡。我想讓所有人都有所期待。我想滿足大家。我最大限度準備，我要一個富於期待的開頭，眾弦俱寂，二管雙簧，三把小號，長笛短笛各一，鑼鈸扶正待響，指揮的手勢正於虛空拈起，又一架飛機從巴爾的摩機場通知塔台要起飛，一個樂團的編制已待命，絨簾將揭，樂聲待響，一個故事要被說出，一個時代隆重將開場。」

——陳栢青，〈巨嬰時代〉

我認識陳栢青時他已經成名。第一次見面時，他劈頭就問我：「你為什麼還不出書？」我的回答是：「你又為什麼還不出書？」這個話題有如自殺攻擊，後來在我們的各種對話中地縛靈般盤桓不去，一再重演，難以投胎，就這樣貫串了我們的交情。

可是這麼多年了我還是不清楚栢青究竟為什麼不出書。他是那個寫得最快的人。三天兩萬字、十天八萬字，他說寫就寫，而且在寫得快的人裡面，他寫得最好。所以他是那個在文學獎最盛的年代裡，最無役不與、無戰不勝，獎金累計據說已突破七位數的人；他也是那個不管提到「七年級」或「八〇後」的台灣作家都不可能被跳過的人。他左手寫散文，右手寫小說，左手還分紀實與虛構、右手還分雅與俗，他什麼主題都可以寫、什麼身分都可以在文學中扮演。他那麼花心，閱讀量之大品味之駁雜，豔冠群雄，幾已到了暴食的地步；然而他又那麼專情，他的人生至此、放眼望去，似乎只在乎「寫」這件事。即使是推理小說的導讀、金馬影展的手冊、文學雜誌的匿名評論……只要是文字，只要是關於「寫」，他就有經驗，他都能勝任。或許正因如此，當同輩文藝青年多半還殷殷複述前輩「獻身於文學」的文字煉金／姿態術心智圖時，他已經是那個只談論技巧與方法、操作與表演，企圖透過拆解鐘錶內裡，去抵達時間之謎的那個人：對他而言，鐘錶不是時間的附庸，鐘錶**就是**時間；文字技藝不是文學的附庸，文字技藝**就是**文學。

「而別人的故事，那一切。關於書寫。關於體驗。我都已經知道了。」

「……那些都已經發生過了。被電視演過了。被遊戲玩過了。被我寫過了。我這一生都在演，都在寫。誰都寫這個，誰都可以看這個。不看也無所謂。不寫也無所謂。不是你寫也無所謂。一切只是細節變化的問題。一切只是順序排列的問題。」

有時候他談得太多了，也會引起我的厭煩。就這一點而言，即使是這樣相熟的朋友，我們彼此都一清二楚，如果要在同一個光譜上定位各自的品味審美或文學理念，我和栢青一定相隔遙遠，只能分踞光譜的兩端（但這種分類學的概念本身就深受栢青影響，不啻是我們友誼的見證）。然而我油然而生的厭煩亦可能充滿問題（problematic），時常需要自我提醒：或許不是栢青談得太多，而是過往台灣純文學作家或文壇都對這些方法論談得「太少」了：我們仍然喜歡聽作家談論「靈啟」勝過「模擬練習」，喜歡看見作家展現他們的「天賦」，勝過展現他們的「經營」。我們將文學或文字藝術供上神壇，使其神祕化或宗教化，在一個已經沒有神的年代，我們就太害怕作家成為一個「匠」。

「我這一生也不過如此，不停的扮演，扮演不會扮演，扮生裝懵，乃至有那麼一刻，我自己都困惑了，困惑於我知道我不知道。或我其實不知道我知道……」

我想以栢青的聰明才智，這些他都明白，可是即使他自認再會扮演，似乎也無法成功扮演一個符合古典理想的那種寫作者。他太著迷於文字作為一種「物質」和「遊戲」本身所能帶來的愉悅；排列遊戲，捉迷藏遊戲，說謊遊戲……一個詞牽引另一個詞，上一個意象帶出下一個意象，無盡的引譬連喻，眼花繚亂目不暇給；太多，太用力。然而這不是他的文學，這是他真正說話的方式。他就是我們的時代。他愛笑愛鬧愛漂亮，人裝瘋賣傻，說話真真假假，面對討厭的人，還表現得特別討好，我站在旁邊看，稱他這個叫作自我人格毀滅傾向。喜歡說色色的笑話，就像他寫的那些色色的故事；喜歡誇大，特別喜歡誇大自己的衰小。喜歡在面對人的時候，表現得瑟瑟得意，然而我始終還站在旁邊看；總是這種時候，我知道他心裡其實正瑟瑟發抖。他誰也傷害不了。

「說到底，我希望所有人都喜歡我。誰不希望如此呢？……我經常超過自己能接受的限度去做別人希望我做的事情，嘴巴上說沒關係，其實牙齒尖緊緊抵在一起，心裡有一種無法穿透的痛。……輕描淡寫裡都是血痕，越是不經意，其實很在意，最驕傲，最卑微。」

「真希望誰都喜歡我。」

「我只是想要愛啊。我說，在我身體裡，有一頭愛的怪物……」

提及這種「表」與「裡」的偏執悖反，不只是我作為朋友可以貢獻給本書讀者的逸聞軼事，也是我恰恰認為，或許這才正是通往理解青年作家陳栢青的一條道路。為什麼可以同時真心欣賞最庸俗的B級片，和最艱深的文學作品？為什麼明明早該出書，卻遲遲不出？為什麼好不容易在二〇一一年出版了第一本書《小城市》，卻堅持使用假名葉覆鹿？為什麼明明「小說」這個文類才是他長久以來自認要奉獻一生的志業，一本終於屬於「陳栢青」的出道作品在此，卻是一本「散文集」？為什麼在散文裡寫小說？……凡此種種分裂的、二元的、對立的、矛盾的，不只表現在上述屬於陳栢青本人的文學活動中，也在他的文學中壓倒性地、作為一種迴旋往復、永劫回歸的命題與表述：

「不可能，終究也只是一種可能。……我想永遠擁有那份感覺。但那份感覺，正是站在永遠的反面。……最好的部分，就在於最好的總會過去，每當變換時。」

「我追求的只是我以為想追求的。我的痛苦只是我以為的痛苦。」

「我們就是會愛上跟自己完全相反的東西。」

事實上，說陳栢青的文學關鍵詞是「對立」，其實並不精確；如果我們只能用一個詞來形容陳栢青的文學，那個詞，應該是「**翻轉**」。從前作《小城市》、到這本《Mr. Adult 大人先生》，從書名開始我們就該敏銳察覺，對於一切既定框架的翻轉，無論企圖翻轉的是空間（「小」城市）或是時間（大人「先」生），在文字中翻轉這個世界的邏輯，是他的執念，也是他敘事中最有力的推進器。在《小城市》中，那是一個你腳下的城市在你頭頂上一模一樣的還有一個，而頭頂上的那個裡面住著一個你愛著的人，只等著你一踮腳就能親吻；在《Mr. Adult 大人先生》，則是在一個骯髒的城市一段不堪的感情裡、被困在了一個乾淨的（不斷沖水的）廁所中，我仍然可以「發現我自己」甚至「發明了我自己」的可能：

「我從來不曾贏得什麼，但我曾成功讓世界變成了廁所，一切都髒了，我就乾淨了。……

這不是一個等待救贖的故事。這是一個發現自己，或者我發明了我的故事。……**現在的我，已經調換過來了**。從花子變成貞子，**我是我自己生下來的孩子**。」

「我是我自己生下來的孩子。」如果說《Mr. Adult　大人先生》的書名靈感明顯來自隨時都在召喚我們的熱血與童心的、也當然是我們都很喜歡的日本樂團小孩先生（Mr. Children），那麼只有栢青知道，我們的童心其實並不需要召喚：它太多了。這就是我們的祕密：

「我身體裡住著一個高中生。而高中生活是什麼？是什麼不重要，那只意味，後來日子還長的呢，所以晃悠一會兒也無妨。失敗了，明天又是星期一，學期還沒結束，還有機會重新再來。因此我始終抱著一點僥倖，做什麼都有點交作業的心態。時代的餘蔭，身家的積厚，還有那麼一點點小聰明，所以總能在最後一刻趕出來。成功了，被讚美了，甲上上，因為知道是趕的，再得意，也是有點虛。沙中堆塔，只有自己知道根腳是虛的。失敗了，也不真喪氣，畢竟只是趕的。誰知道認真會怎樣呢？雖然有點懊悔，也不是真的痛。沒到底，還對自己有點餘地。」

那個總讓我們互相為難的問題：「你為什麼還不出書？」這裡終於有陳栢青用一整本書來回答的、屬於他的第一本書之謎。而終究當一個小孩先生這麼久，終於甘願去作一個大人先生，**「也許是因為，開頭再怎麼樣充滿可能性的故事，也不可能永遠都停留在開頭。」**看到這裡，那終於是栢青自陳的，寫了這麼久，走到了這裡：**「我忽然發現自己有點敢了，敢有點自己。」**

文學作為一種志業，《Mr. Adult 大人先生》只是陳栢青的第一本書；未來想必將有無數讀者必須不斷回頭過來探詢這一本書中的密碼：他的九〇年代論、他的文體論、他的創作論……而我很榮幸將在這裡，為各位的一再重返，一再介紹：

「絨簾將揭，樂聲待響，一個故事要被說出，一個時代隆重將開場。」

〈推薦序二〉

男孩不下架

李桐豪

康熙走了，一時之間臉書哀鴻遍野，有人哭吆晚上十點鐘沒有脫口秀可以配鹽酥雞，有人嘆台灣再無綜藝節目話語權，一個時代終於駕崩。如喪考妣眾粉絲中，總會發現有那樣一兩張大頭貼，男孩的臉，嘟嘴啾咪、美圖修修。滑鼠點進去，他們照片特別招搖，他們或者罩著棉白浴袍，飯店浴室鏡子前持手機自拍刷存在感；或者在京都清水寺閉眼合掌禱告，寫著「我愛你不是因為你是誰，而是我在你身邊的時候我是誰」；又或者，他們兩兩成群，站在日月潭邊，並肩遙指遠方，做小燕子紫薇好姊妹親密狀。有些照片實在太浮誇、太OVER了，導致自己在內心靠了一聲：「這是鈣片裡JUSTICE裡的妖精吧?!（註）」然而關於鍾愛的綜藝節目停播，沒人比他們更激動，他們哀傷得特別真誠，感覺是嫁到非洲的表姊死掉了那樣。男孩心中全都有過這樣一個小S。

甚至，男孩根本希望自己就是小S。俏皮、機智，可以恣意地揉著男人的胸。

有了小S，要理解陳栢青和他的《大人先生》就容易多了。九〇年代的男孩和他的朋友啊，他們像麻雀一樣，相幹的第二個早晨，吱吱喳喳彼此分享那些淫到出汁的性愛冒險，關於性的手感、皺褶、口感，「麻糬、氣球、草莓大福上的透光的軟皮、米其林輪胎人、小熊餅乾……」他們什麼都放到嘴裡，什麼都好吃。他們浪蕩，但又無比純情。飯局得知暗戀的男孩將會到場，冷冷喔了一聲，不動聲色走到隔壁開架式藥妝店，拿起試用化妝水，手背猛往臉上拍，順便從保險套的架上，拿起潤滑液，用黏稠的KY當髮雕……那是屬於男孩的純潔黃色故事。

他們都是Drama Queen，「什麼都能讓我們尖叫，事情總是朝最壞的方向發展，一點徵兆，捕風捉影，幾句話拼湊出局面，從閃爍的眼神推敲出脈絡，事情才發生，內心小劇場已經上演高潮段落，喔，不，他討厭我了。天啊，他心底有別人了。那個賤人出軌了……愛情才剛開始，我們就知道自己會死……」

男孩自己都說了：「我們九〇年代初萌芽的性，與時俱進，八〇年代帶頭衝，政治解嚴了，社會更開放了，九〇年代的性，該有的知識都有了，該會的姿勢都會了。思想與物質條件皆備，且天助自助者，又多了新玩具……」男孩生於八〇年代，至九〇年代身體都長好了，該硬的都硬了，該濕的都濕了，該擴張的都擴張了，能放進去的理論、慾望和玩具，都進去了。

新書以大人先生之名，但他們，就只是男孩。孽子或荒人，對他們而言都是過期的下架商品了，他們就是他們，他們只做自己，打扮、應對進退做自己，電腦面前打開D槽褲子拉到腳踝，做自己。前面沒有學長學姊可以學習，「電視是愛的教養，是經驗，在電視中學習一切」，他們只在KTV模仿一切值得模仿的，李玟徐懷鈺孫燕姿張惠妹，當然，還有小S。

男孩模仿小S，唯有變成Drama Queen，他們才能抵禦這無趣世界朝他們惡意射來的明槍和暗箭。

Drama Queen要比另外一個Drama Queen更快穿上百貨公司櫥窗上的當季衣服，要更背得出冰島啥洨冷門樂團的名字，當另一個Drama Queen說：「喔，《康熙來了》好好笑，我好愛小S，」他們要抿嘴，要將白眼翻到後腦勺：「拜託——，她的巔峰是《我猜》和《娛樂百分百》，仙女下凡來點名，她狂吃小隆和阿力豆腐，那才好笑，好！不！好！」男孩每天六點衝回家，打開電視立馬轉到娛樂新聞，徐老師一分鐘健康操笑岔了氣，十二點重播再笑一遍。

他們是真心喜歡小S這個金髮牙套妹，她自由自在，情感真摯，好讓人羨慕吶。佼寶倉促成戀，她當著電視機全國觀眾面前含淚祝福，張嘴哭到口水牽絲，男孩螢光幕前也跟著掉淚。他內心的Drama Queen和小S演藝之路一起演化，雙眼皮變更深邃了，下巴變更尖了，身邊搭檔由大S變蔡康永，搭檔們永遠端莊、自持，如同白素貞（或紫薇），唯獨小S，那樣歡快，那樣放浪，是永遠的小青（或小燕子）。

女明星身價是決定在八卦多寡，Drama Queen也是。把作品和作者畫上等號，是粗魯而沒禮貌的。新書裡的Drama Queen到底是陳栢青個人寫照，還是只是某種寫作角色扮演？因為我和他本人不熟，所以不得而知。（我跟他大概就是飯局吃過幾次飯，知道彼此是誰，偶爾看電影，開場前洗手間狹路相逢，Hi了一聲，寒暄不過一泡尿的時間，就掰掰的那種關係），但關於他的江湖傳言，多少聽過一些：有說他早慧，二十出頭中文學獎，拿了獎金去整形；有說他用功，海外文學營隊，白日裡浮花浪蕊嘻嘻哈哈，晚上如深宮后妃長夜抄經，虔誠抄滿一頁又一頁張愛玲或駱以軍，超級心機鬼。不過這些都是傳言。傳言！傳言！傳言！因為是傳言，所以要澄清三次。向來只有被器重、被期待的年輕寫作者，才會成為八卦的對象。

當然了，Drama Queen是絕對不滿足於銀幕上只有單一形象的，阿妹芭樂情歌唱膩了，要化身阿密特搖滾一下，小S搞笑太久，變成陰鬱的elephant DEE。陳栢青可以在「純潔黃色故事」扮七年級花痴男孩，但在「（不）在場證明」、「一個人的盛世」其餘篇章，他也證明自己也可以是五年級的駱以軍，用華麗的修辭術描述異國替代役經驗，小S他會演，大S跟蔡康永他能假裝，他可以同時演小青，跟扮白娘娘，年輕寫作者總有本事把〈十分鐘的戀愛〉唱成一句林夕。

關於這一點，他是十足十Drama Queen的派頭，沒得辯解。書裡一開頭，「全世界的連續劇女王都應該站在一起，彼此互相傷害，趁對方去廁所補妝時朝他的馬克杯吐口水，可如果他把妝都哭花了，又絕對會第一個伸出手指尖釀口水幫他抹掉。」書裡最後篇章〈下一個日常〉他引述了《愛的倖存者》台詞：「為什麼你什麼事情都要弄得像是演戲一樣呢？」然後自言自語地回答：「現在我已經弄不清楚了，是因為愛，所以刻意戲劇化，還是因為如此戲劇化，我才感覺自己完整體驗了愛。或者我以為，那就是愛的本身。這是我們這一代愛的教養。」

註：鈣片，即Gay片諧音，指男同志色情片。JUSTICE為日本發行品牌之一。

目錄

輯三・（不）在場證明

輯四・一個人的盛世

輯一

純潔黃色故事

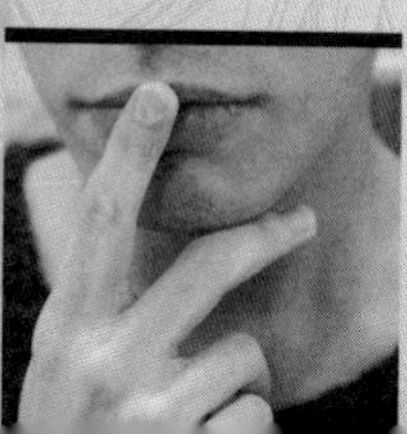

花子

很長時間的下午，對我而言才是初醒來，別人的工作日，我的星期天。九〇年代才剛過，卻又以為可以好長好長，長得像一隻貓貓頰上剛硬的鬚鬚，挺立於險與堅韌之上，隨意搔搔都足以驚擾。有時真想看汽車焚燒，腳踏車從座墊從輪胎被火焰包覆正盛燃無人自行，期待一個無秩序日光像火光的午後，那就是我的廢墟。其實一切只是城市進入午後，靜無人煙。

我真的看過那些好日子。是睡過來的，白日都在眠夢中，所以每一個深夜好精神，我走過將收市的夜市，看它搖身變作早市，街前街肚上頭擱小鴨子小汽車的塑膠布還沒收起，街尾已經飄起炒牛肉的香味，白粥在大桶裡一匙一匙舀起，日和夜不是轉換只是滲過去了，而我穿過其中，我穿過成排拉下的鐵捲門，我在無人的公園遊蕩。我把自己掛在那些色彩俗濫像是軟糖一樣塑膠玩具條槓還是滑梯上，夜裡有茉莉盛開的味道，七里香。我說神啊這一刻多美好。

因為別人都不在了。

就可惜別人都不在了。多好。多不好。最好的是那一點不好，有點空蕩蕩的，才更感覺到完足。

我的朋友說，有一天你會勒死你自己。

喔，他說的是包皮王的故事。

那也是九〇年代流行的故事。電影古惑仔。一拍六集，明明是一大群人，卻有種奇怪的次序一撥一撥從窄巷從轉角逐一站出來，或廂型車滑門一拉卸貨式一整群的，一個個陰狠著眼拿棒球棍拿牛肉刀開山刀，街頭霧氣瀰漫，個個元氣淋漓，他們有各自的名字，有的叫做山雞，有的叫烏鴉，叫做東星耀揚，有叫十三妹的。可有一個圍事的小弟叫做包皮。

每回他們上街圍事，帶頭大哥陳浩南便會喊：包皮，你退下。

我想像多少男孩在生命裡困惑著觸碰自己的身體，無人的房間裡以為艱難其實輕易的，向世界第一次探出頭來。

變成一個男人。

但包皮王的故事悲傷多了。

他說他第一次跟男人上床。

好玩極了。他開始形容那種手感。他說那是世界最神祕的東西。他連換了幾種形容。麻糬、氣球、草莓大福上頭透光的軟皮。米其林輪胎人。小熊餅乾。

我說，麻糬連結到彈性，氣球是質地。草莓大福是感光性。米其林輪胎人是皺褶。可小熊餅乾脆脆硬硬的那代表什麼？

他說沒什麼只是因為他愛吃而已。

好吧。什麼都放進嘴裡。好吃又好玩。我想他就是太喜歡玩了。根本愛不釋手。他上床的時候大概全香港古惑仔都在旺角在屯門聲勢浩大圍事吧，暴雨狂風，老大不知道喊了多少次，包皮，你退下。

那個夜裡，年少氣盛，就出事了。

他說，他不知道怎麼玩的，總之，褪得太下面了。

啊？什麼東西褪得太下面了？褲子？袖子？套子？還是羞恥心？

請不要說些本來就沒有的東西。他很認真的解說，本來很容易褪下去的，不就是當小弟的嘛？要他下去就下去。屈就的咧。但因為柱體本身呈不規則狀，它太膨大了，皮往後涮到一個程度，中間過粗，忽然之間，卡住了，再也滑不回去。

你知道這種體驗的。捲起的褲管卡在大腿上怎麼也放不下。套上的戒指抹上肥皂就是拔不起來。

或如藉口變成承諾。遊戲卻當真。很想哭偏偏演久了只能笑。

你引申的太多了。他說，總之，這下糗了。

他跟男伴都慌了。他們手忙腳亂，潤滑液早用完了，牙膏還是醬油也都拿出來，臥房弄得有點像廚房，酸甜苦辣，人體盛。但那一點也不情色，他說，從對方指尖掐入他手臂的程度，他完全能體會那股花苞蕊心最敏銳尖端暴露在空氣中的疼痛感，可是可是，就是褪不回去啊。因為他自己卡住自己。

他只好為對方套上褲子後再於腰間綁上外套（唉，他說，因為套上褲子後那形狀還是太明顯，他很怕計程車司機從後照鏡往後望以為碰到持械搶劫），兩個人叫了車，到深夜的新光吳火獅醫院掛急診。

包皮王直接略過中間很尷尬不說破但大家都很瞭的診療過程。急診室清冷燈光下被看得很清楚。簾幕後搗嘴的笑。總之，醫生最後宣布，如果不能在十二小時內讓皮褪

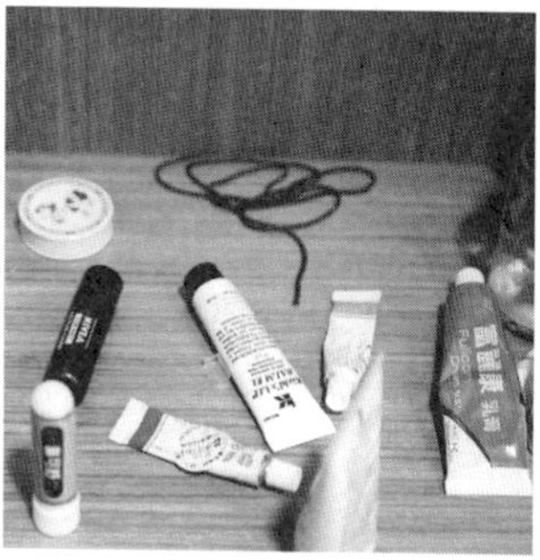

回原位，硬體包含軟體就會因為缺氧而整組壞死。

那時候，他們隔著診療床相望，別說愛了，彼此的視線裡一點情慾都找不到，但偏偏中間還隔著巨大的突兀提醒他們曾發生過什麼，身體和慾望，恐怖和歡喜，什麼都一目了然，又遙遙相對。包皮王說：「第一次我明白，我們這一生，會被臍帶給勒死。」

聽的人全笑翻了。

喔，親愛的包皮王。那時候我認識的人，他們全都是連續劇女王，很愛演，誇張做派，未語先嘆，妝都在比賽濃，翹起的睫毛多挺連成一道牆，誰的心不是插滿玻璃瓶碎片和歪曲鐵絲網的紅磚牆頭。那些我們相聚的下午，破碎的臉，一片傷心的風景。

他們就是我九〇年代的全部。

包皮王不知道現在好嘛？很久以後，我一直想跟他說，那不叫臍帶。臍帶是媽媽帶你來到世界上的東西。你說的那個，讓一切連結起來的，在肉與皮之間，叫繫帶。

那時候，我陷入一種憂鬱的關係裡。那時候，我喜歡亮亮，很喜歡。覺得這一生，就是他了。每一次見面，冷冷的臉，絲毫不漏口風，其實手心好濕。人潮擁擠被衝散時手提包也不顧了總第一時刻回頭想撿拾他。

可是後來很不順利。就像所有的故事一樣。我知道亮亮喜歡另一個人。另一個人，總存在另外一個人，他條件比我好，長得比我好看。但我想我比那人善良，他則比我笨多了，可亮亮就愛那種笨，說到底，聰明又有什麼用？一旦善良，什麼都沒用了，我且還幫著亮亮拿主意，善良而聰明，不是笨，只是傻，傻到只會給，笨蛋都不如。

包皮王說出那個經典故事後，我跟著說我的近況，我說，上上週我和亮亮一起去參加研討會，我被安排和學弟住在同一個房間，裡頭兩張床，有一個小浴室。那幾天多少斡旋與酬酢，人際關係裡前進後退種種複雜交錯的行進路線，都微縮在一個房間裡了。

我在小房間的浴室裡聽到亮亮的聲音，學弟帶他進來的，第一時間多歡喜，心都要跳出來，他來找我耶，想衝出去，但其實我褲頭才拉開，立姿動作拉出拋物線將斷未斷，所以當下我第一反應是立馬先扭開水龍頭。這就是我們揣想自己在別人心裡的存在了，容不下一點灰，別說灰了，連讓他聽到水液噴濺馬桶磁磚的聲音都不可以有。

水龍頭注水嘩啦嘩啦往洗手台沖，沒幾秒，我的心又像水管排水隆隆振動起來，等等，如果亮亮知道我在廁所裡，又聽到這哇啦哇啦洩洪聲，他會不會想我是揣著怎樣肥大的水管才能這樣萬馬奔蹄的，多丟人啊，還是把水龍頭關掉吧。於是洗手台水聲小了，你方唱罷我登場，剩我這頭還在淅瀝淅瀝，糟了，這會兒又會否被他以為我有攝護腺困擾，不然怎麼時有時無，大大小小，斷斷續續？唉，腦袋裡法輪都轉一百圈了，水面早沒漣漪，佛陀都在靈鷲山上拈花微笑，馬桶前就剩我空捻枝靜默。該出去了嘛？可又覺得空氣中還殘留一些氣味，可惜小旅館廁所沒有配備香水罐……

什麼都想，什麼都牽掛，什麼都沖不掉，那不是垢，是什麼都不夠。念頭還在轉呢，這時候，房門鎖又喀嗒一聲，又有人登場了，我一聽，這聲音可不就是亮亮喜歡的那人？

這會兒我該出去嗎？但出去了，就看見他們了。看見了，也許就不能挽回了。也許我該委婉暗示我的存在，你瞧，前一刻我還想掩蓋自己的行跡呢，氣息都不留，這秒又大張旗鼓，馬桶開關按了又按，水都打完了，又轉開一旁淋浴蓮蓬頭，隆隆濺起熱水器運轉聲和這端洗手台水龍頭一起大鳴大放。

但他們依然在外面繼續笑著。

也許他們根本不在意。

我真不想描述後來。是因為我同時開蓮蓬頭又不停按水箱開關嘛？也許是我把那開關摁得太大力，總之，就在我怒視水箱覺得胸腑裡有什麼也正轟然洩出的同時，我發現，啊，馬桶水箱的水停不下，不需要我按了，它現在嘩嘩的流，那邊廂蓮蓬頭流出的冷水反而稀稀疏疏，《聖經》裡說：「愛情，眾水不能熄滅，大水也不能淹沒。」我的愛情，讓馬桶水沖出來，可凶猛得很。隨著馬桶水位節節高升，就算這會兒我不想出去，也許再過幾分鐘，外頭聲音一斷，他們猛回頭，會看到廁所門大開，裡頭像坐遊樂園水上設施金礦山還過山車一樣衝出一個混雜著馬桶水「香香又臭臭」的我，或者說到底我現在應該走出去，練習用鐵達尼號船長禮貌客氣卻掩不住顫抖的聲音說，各位紳士們，我們現在遇到一些麻煩……

不，從那一刻到現在，我反覆思索的只有，他們知道我在裡頭嗎？

我不知道亮亮知不知道。我希望亮亮不知道。可若真是這樣，我在裡頭多糾結，那麼卑微，甚至為他躲在廁所裡，這又算得上什麼？

我希望亮亮知道，但若他什麼都知道，為什麼他始終賴在房間裡，為什麼他不帶著喜歡的人客氣告辭？那是一種主權的宣示？透過把我囚禁在廁所，徹底滿足他的主宰欲？

我多想告訴亮亮，這一生你最驕傲的，不是幹了什麼大事，而是有一年，在異鄉，天寬地闊，你卻能把一個人關在廁所裡，分寸之間，進不得，退不了。

九〇年代來了又過去。講了又講，包皮王不知道去哪裡了。我還在跟人描述那間廁所。

或者我一直在那廁所裡，水一直在流，追想這些年來轟轟烈烈的故事，哪一樁不是如此，一切都不過發生在這裡，12×28磁磚組成我的宇宙，天地四方，上頭的雕花就是我的壇城我的曼陀羅，這一生我所有的努力，謹小慎微，笑都覺得羞，話沒說兩句臉就先紅，那些欲遮還掩，拙劣不過的表示，我曾經的付出以及挽回，一切都不過發生在這裡，最後也會退回這裡，都在一次又一次徒勞的沖水之間。

九〇年代過去很久了，有一天早上醒來，看著鏡子前自己憔悴的臉，忽然看清楚了，我是九〇年代校園鬼故事裡的花子。我是最後被遺留下來的人。

你好可憐。

在九〇年代那個咖啡館裡，那些連續劇女王們在聽罷我的故事後這樣安慰我。

我說我知道。

學弟給我一個深深的擁抱。某個該上廁所了大家紛紛去補妝還是講電話的空檔，他低聲問，欸，可是，我事前有問過你，如果要拿領據，亮亮和那個誰他們一起回來可以嗎？你說好的啊。

噓。

光影裡我臉紅了一下。

我想不到他真的會讓別人過來。我說。

但我心裡想的是，他一定會讓他來的。

很多年後，我也開始傷害別人。我也曾經在廁所外面觀看，頭一低，看隔間門後方一雙腳跟踢著抵著，我且找根木板扣著門板，你那麼想在裡頭，那就多待一會兒吧。但一回頭，抿緊的唇，飛白的臉，喉嚨嗚嗚咽咽接上廁所管道，我必須搶先說，在他喊之前喊，救命啊。是他綁架我了，你們快來救救我。

他很壞。他很卑鄙。他總已讀不回。你看，我先講了，就贏一半了。就算是輸，輸得夠難看，人前說起也就好看了。現在我已經明白了，從那時起，不，也許更早之前，我就喜歡待在廁所裡頭，就算人在外面，也要先卡位。這年頭的愛情，搶的不是勝利者，是受害者。誰要聽成功的故事。愛是一個人的，但失去愛才是大家的故事。我從來不曾贏得什麼，但我曾成功讓世界變成了廁所，一切都髒了，我就乾淨了。

我必須要待在那裡頭才行。很多時候我分不出來，我是真的愛，還是愛上那份痛苦的感覺，並以為那就是愛。

我只是想讓人感覺，我是值得愛的。

愛的時候，我最無辜。最無辜了，我以為我就值得被愛了。

這不是一個等待救贖的故事。這是一個發現自己，或者我發明了我的故事。

不知道什麼時候開始，那已經不是花子的故事。那是貞子的故事。

九〇年代恐怖片，貞子與花子。一個被關在廁所裡，一個不停從電視爬出來。花子是受害者，後來變成加害者。貞子出場時是加害者，後來我們知道她以前是受害者。可她是誰又怎樣呢？傷害與被傷害，貞與花，她們也許都不是真那麼想出去，卻絕對想把別人都捲進去。

「但我停不下來啊。我只是想要傷害別人。」後來西洋版《七夜怪談》裡加上了一段貞子的自白。

我完全能明白。停不下來啊！那時候，慾望在衝刺。停不下來啊，傷害和愛的發生其實很像。

那個孩子，被人遺棄的花子，已經被我永遠留在那間廁所裡了。要我說，廁所才是世界上最乾淨的地方呢，色情故事都是純情的反面，想要都得不到，得不到才想要。多少故事，只有真正在意的名字，才會被刻在廁所隔間上頭。每一顆沾著穢物畫出的心，都沿著牆角濕答答滴出真心的眼淚。

現在的我，已經調換過來了。從花子變成貞子，我是我自己生下來的孩子。從某一刻起，把自己留在那裡頭，卻奮不顧身爬往外頭，縱然心裡頭還留著一條小小的臍帶，多少學會不再期待。

我在傷害所有人。但我停不下來。我明確的知道，這一生，我會被體內膨大的慾望或是愛給勒死。

尖叫女王

倒臥的人形。床墊上濕黏黏污漬，一整個晚上答答滴滴，沿著聲音畫出虛線往下鋪沒完沒了滴落。或者該煽情的加上窗外閃爍不停的紅燈。以及銘黃分隔線外窺探的眼神。那時你會想到什麼？

謀殺現場。

這下好了，所有的人都知道包皮王住院了。問題只是，跟誰？發生什麼？為什麼？

但其實我們早已經知道了。可不是嗎？我們是看電視長大的一代人，整個九〇年代恐怖片教我們的事情如下：

1. 上床做愛必死。

2. 劈腿必死。

3. 有色人種必死。

4. 若非符合上述條件者，或擁有上述條件卻僥倖存活，請絕對不要說以下這幾句話：「讓我獨處一會兒。」「你先走我等等就跟上來。」「我們不如分開走。」

一開始我們笑他們，嘻嘻哈哈，推推鬧鬧朝螢幕裡的角色丟爆米花，後來他們開始笑自己，那就是《驚聲尖叫》系列的誕生。真奇怪，他們都知道會死，但他們照著做。很多時候，他們就是我們。

大家都是Drama Queen，連續劇女王，恐怖片裡必須死掉的典型，什麼都能讓我們尖叫，事情總是朝最壞的方向發展，一點徵兆，捕風捉影，幾句話拼湊出局面，從閃爍的眼神推敲出脈絡，事情才發生，內心小劇場已經上演高潮段落，喔，不，他討厭我了。天啊，他心底有別人了。那個賤人出軌了……愛情才剛開始，我們就知道自己會死。

世界上所有的連續劇女王都應該站在一起。我們必然會彼此傷害，想趁對方去廁所補妝時朝他馬克杯裡吐口水，可如果他把妝都哭花了，又絕對會第一個伸出手指尖讓口水幫他抹掉。嘿，你還有我們呢……

所以，這一回，包皮王是為了誰？

為了誰？哼，包皮王笑得多自信，包皮王的身體顯示恐怖片裡可以把死亡場景弄得多藝術，而現實呢，現實就是此刻的包皮王。病床上的他屈身躺成一個問號的形狀，有時候面朝左身子趨往右，有時面對右方身子往左，呈S字型軀幹上鑲著那麼大一顆頭，活像烤盤鐵網上的蝦子。包皮王則回我們，這可是讚美呢。原來蔡依林那時的綽號正叫「炸蝦」，起源來自某新聞採訪裡報導蔡依林自稱腿長一百一十公分，但實際上那時剛復出的小歌姬只有一百五十幾公分，設若腿長就占一百一，那她頭下方就直接是大腿了，這和蝦子有什麼不一樣，包皮王說，他大難不死，不是向下沉淪，而是往上一個蝦躍，從此和偶像同等級。

蝦扯，或瞎扯。無止盡的亂聊，誰心裡都有一種憐憫，奇怪嘴巴吐出來，很銳，很直接。包皮王說得好，你們也別同情我，還有誰能把我搞成這樣，那他也算不簡單了，我不是申請傷害理賠，恐怕直接聘金下嫁了。

所以是誰做的？

恐怖片裡必有的一幕，受害者伸長頸子雙唇顫抖吐出幾個不成音節的單音，是……

啪，斷氣了。

但我們早知道是誰了。

（這一生，我們會被體內膨大的慾望或是愛給勒死。）

包皮王的故事裡只有他自己。也只會因為他自己。在我們的青春期末段，相較所有人奮不顧身往前衝刺終於達陣，他自己戮力往後發展。人們朝外探索，手腳並用，他傾力內銷。他最明白只有自己才能滿足自己。

所以他說他宿舍抽屜裡藏著那兩根是真正好幫手，哥倆好一對寶。他們一起相依為命。

那個晚上，他把它放進自己身體裡。

包皮王說：我拚命往下坐，讓它堅持往上頂。使命必達，內彎過去還有九曲堂，林盡水源，便得一山，山有小口，彷彿若有光，初極狹，從口入……

是了。我們這一生，都在尋找那個地方。

人們說，痛就是爽。

我們都在尋找那一個點。

他說，我想超越那個痛感，我們這代的教養告訴他，草莓留到最後才吃，流淚播種必歡喜收割，到某一刻，痛就昇華成爽了。

他說，在某一刻卻忽然，忽然就濕了。

啊，男生也會濕嘛？我配合著包皮王說故事的節奏對一旁學弟拋出問句。我是在醫院走廊上遇到他的，問他是不是也來看包皮王，跟著就拖著他進了病房。

是流血了。包皮王說。

真是至福啊。他想，如果痛就是爽，這應該是極樂了吧。還是極限。

但實在太痛了，他自我做狀況評估，可能磨破皮了吧。於是節節敗退，大軍鳴金收兵。總之，他老大就這樣裸著下半身睡著了。

那就是色情與恐怖片的分野。如果醒過來，前面濕濕的，左大腿畫金門，右腳畫馬祖，擔心離島地圖怎麼洗，那就是性喜劇。但他再睜開眼，潺潺滴滴卻是大後方，偌大床墊染成赤紅，老蔣在歷史中某個早晨醒來大概也是這樣想當前中國局勢。他說他自己下半身如浸在火爐裡，有一種燙，風吹過皮膚卻又分外冷涼，大概失血過多，似乎有一部分自己正在緩慢死去。

那是正在發生中的謀殺現場。

他想不行了，只好打電話叫救護車。

於是，深夜三點。還是新光吳火獅醫院。

不知道是不是上次同一個急診醫生啊。總之，醫生最後宣布，腸道刺穿並有嚴重撕裂。需要進行重建手術。

所以這幾天他都必須側躺，保持傷口不受壓迫。他恍然大悟的對我們說，我們都錯了。還以為捱過來就舒服了。

他說：「別騙自己了，痛，不一定是爽啊。」

我們誰都痛過。有時候苦守，有時忍讓，很想被誰珍惜，想像有一天誰會想起有一個人曾經為你哭。我很想在這時分享蔡千惠的故事。故事裡少女成為老婦，還是忘不了過去一起在絕望年代裡戰鬥過的愛人，少女在信中寫下告別與祝福：「請硬朗地戰鬥去罷。至於我，這失敗的一生，也該有個結束。但是，如果您還願意，請您一生都不要忘記，當年在那一截曲曲彎彎的山路上的少女。」只是不知道為什麼，包皮王完全能在病床上重複這句台詞，只是他走的是一截曲曲彎彎的腸道。

學弟心不在焉的聽著，他說：「啊，好可惜，如果現場有另外一個人，這是對方幹的好事，他就要為你負責了。」

全場忽然安靜了一下，包皮王笑了，他說，拜託，腸黏膜又不是處女膜。就算是他捅穿我，現在也不是你奪走我第一次，我就跟定你一輩子的年代了。

我拍拍學弟的肩膀，很想告訴他連續劇女王的遊戲不是這樣玩。痛不一定是爽，但尖叫可以是一種尊嚴。

若演化帶來優勢，死亡是一種驅力，我們既沒優勢，只會朝反方向走，一定會死，那時還剩下什麼？

包皮王會告訴你：「我們還可以笑。」

在電鋸貫穿我們身體前。在鋼條掉落或從失速的火車上被推落，在我們徹底從電視畫面消失前，在我們被他拋下，或我們被自己拖累前，在所有的死亡或是離別降臨前，人們都期待我們尖叫，我們也真的叫了。但我們還可以笑。自己嘲笑自己。露出一張鬼臉。

所以新世紀才有《Scream Queens》的推出，中文翻譯「尖叫女王」，那是連續劇女王的極品，影集裡一窩子全都是尖叫女王，尖叫女王守則是，自嘲。反諷。我們嘴硬心軟。刀子嘴豆腐心。見縫插針，哪壺不開偏提哪壺。先自揭瘡疤，打自己孩子給外人看，痛到了底，沒得轉圜，安慰都安慰不下去了，不勞你同情，我們自己成全自己。

所以你要把話反過來說，你不知道，笑的時候，更痛了，但有點尊嚴。還剩下一點自己。

我把話接過去說，所以說，痛不一定是爽，但我倒希望心愛的人痛呢。

像亮亮過不好的時候，我就好一點了。

我說，聽誰跟我講亮亮開始酗酒了。真開心。我希望他一直喝。最好喝到酒精中毒。

我說，我希望他在每天早上來一杯。然後又一杯。唯一清醒的時候，是深夜走到床前，那時候，發現一天也就這樣過了，但忽然好清醒。又恨自己這麼清醒。只好再喝一杯。

我咬緊牙根說，我希望他不幸。

自己說完，很輕鬆，忽然又害怕起來。連續劇女王們都笑了，我卻害怕學弟覺得我是個刻薄的人。

不，我的意思是……

我想解釋，但學弟已經先說了。

「我希望他有病。」

啊？

我以為學弟終於懂了我們的規則，但他卻自己說起話了，唱盤探針移到下一軌，聲道切換成他的重低音，學弟說起那個晚上。他說他跟他上床了。另一個同學。

欸，這不是我的故事嗎？我在旁嚷著，聲音小小的，心底什麼直往下沉，但臉色好沉靜的，不想聽，卻又希望他繼續往下講。

他說，對方有藥，用了以後，好想要啊，可以一次又一次，像是昨天走過的紅磚道，不規則的方塊奇妙的相銜接，點對點，凹對凸，翻過來接過去，好不容易拼起來，但能搆到也只是碎片，眼前好多花紋變換，無止盡的曼陀羅。但終究是一條紅磚道，身體必須張開來，坦蕩蕩的讓人家好好踩過去。

他覺得那是快樂了。快樂很簡單。不像包皮王那樣拚命深入也可以。

但問題來了。他也想要安全一點，他謹記我們教誨，每一次間隔休息後，再進入都要戴套。那一晚很長，藥讓他們很久，偏偏保險套只有那麼幾個。

可如果現在蹺出去外頭買，這樣連站都站不穩，套子還沒買到，可能先遇到條子。

他說那時他真的是讓藥矇了腦，於是忽然起了個念頭，何不把用過的保險套拿去洗？或者誰都可能起過這樣的念頭，若不是節儉，也該稱讚他們環保吧。於是他們倆就這樣嘻嘻哈哈，全身赤裸，手上甩著套，心裡有彩虹小馬正奔，洗手台裡被盛滿水，飲馬長城窟行，沖脫泡蓋，像浣紗一樣，他們成了現代西施，性的手工業，河邊搗衣，彼此相杵，拿著套子逐一漂過去，死貓掛樹頭，自己千萬子孫放水流，留下魚腸那樣好晶亮套子一條一條倒鉤上，一片冰心在浴簾。

我能想像那個場景，浴室地磚流出縱橫的水線，塑膠浴缸上，他們手牽著手，年輕的肋骨相抵，一起坐聽水聲打在浴缸上滴答滴答，那是九〇年代的聲音，是KTV裡歌詞，有雨聲，有牽手的人。多希望雨就這樣不要停。一切可以天長地久。

學弟說，總之他們再拿起套子，Round 2，翻身再上。

夜就這樣過了。人清醒了。也知道害怕了。

他說：你看，他用藥，我不知道他到底乾不乾淨安不安全。雖然我們有戴套，但怎麼能確定，套子沒被我們洗破呢？好吧，就算真的沒洗破，但這樣洗真的會乾淨嘛？又如果套子上還有沾著他的體液，我洗的時候，把套子翻過來了，那這樣不就變成沾著他體液那面進入我嗎？

他說，我好怕。

這時候，爽成了痛。那真的只是一下下而已。快樂很難，夜一下就過去，再來的白天反而是剩下來的，恐懼很長，擔憂很長。

痛苦很長。

怕什麼，我用力一拍學弟的背，我很想跟他說，就算保險套背面沾有體液，暴露在空氣中早就死掉了。病毒很強，但沒你想像的那麼強。知識可以緩解恐懼，你只是慮病而已。可我開口卻說，你知不知道包皮王現在可爽的呢。

是的，自嘲。反諷。哪壺不開偏提哪壺。

不是說醫生為他進行腸道重建嘛？我指著包皮王面對我們的臀部，那裡像是月球一樣的渾圓。

話說包皮王經過手術截長補短，腸道表面積因為縮小造成緊縮，這下他可感到怕了，一旦三線道變成單線道，他最擔憂禁止通行了，一輩子山石崩塌此路不通怎麼辦！於是，他自己展開艱苦的拓寬工程。除了他抽屜裡的好朋友，他又網購了大大小小十兄弟，拜託我夾帶進入醫院，一天一點點，從頭開始，想維持出超入超和過去帳面上等值，保持大後方暢通。

現在的他哪裡是包皮王，根本應該叫做交通部長了！

恭喜他升任部長職。某個程度來說，包皮王的夢想終於實現了，進進出出，川流不息。之前的他還要找人來開鑿，出賣勞力，真該去保勞保，現在弄不好了，卻反而可以爽爽靠健保。過去進出是福利，現在則成了義務。以前是派對，有約才開張，現在卻成了上班，不但定時還要打卡。以前養生，現在則只想重生。以前有得爽，現在只讓你痛……

這一切，我是說，你要怎麼看呢，彷彿至福，又似乎詛咒。

包皮王哈哈笑起來了，他說那可得感謝過去那班開山岳穿隧道的老榮民了！連學弟也笑了。他說對呀，原來是這樣。

怎樣？

學弟說，這不就是在一起的方法嗎？

什麼意思？

他眼睛一亮，拍手說道：我只要驗出感染就好了。

感染也不是壞事啊，他連珠炮似的說：如果我感染了，我就可以跟他說，是你傳染給我的。那時候我們就在一起了。

「你必須要負責。」我腦海裡浮現連續劇裡的台詞，診斷書像結婚證書，愛不是承諾，病才可以套牢，或是枷鎖。山盟海誓，久病成良依，相靠相依。

我愣愣看著學弟，但我想到的，其實是電視。

奇怪的是，我們很容易因為趕不上節目開頭五分鐘就整部不看了，卻放任重播三百次的周星馳電影或是爛到底恐怖片在沒開燈的客廳閃爍一整個晚上。

看尖叫女王死掉一百次。分秒不差，以為是預言，其實是複習。

可這正就是我們愛看電視的原因。因為覺得喜歡，就不停的看。以為明白，所以再三解讀。

電視是我們這一代愛的教養，是經驗，我們在電視中學習一切。但其實電視所帶來不過是超濃縮的經驗。而我得到不過是經驗的經驗。

我追求的只是我以為想追求的。我的痛苦只是我以為的痛苦。

一切不過是一部反覆播放的電視畫面。我們只是反覆播放同一個片段。一次又一次。講了又講。痛了又痛。

然後以為那就是愛。

我把自己困在那裡頭。我們都在消耗自己。

這就是我們這一代了。

「我當然希望一切不會成真。」我對著學弟說。

其實心裡有一整排連續劇女王在尖叫，希望你跟他不會在一起。

也許我只是想問學弟，如果我們都很不幸，為什麼我們不能在一起？我看著學弟，心底如電視畫面灰屏幕不時揚起一道又一道扭曲頻波線。

為什麼不是選我？

「不，」但在那麼多連續劇女王的面前，我嘻嘻哈哈的按照大家的戒條，正言反說，自嘲，反諷，我說：「不，我說反了。」我在學弟耳邊說：「我應該祝福你幸福快樂。我希望你願望成真。」

所有人都笑了，連學弟也跟著笑了，不是那麼確定的，甚至有點驚慌，「真的，我祝福你幸福。」一開始我也分不出自己說真的還假的，卻越說越篤定，牙叩著齒，一個字接著一個字：「我但願你感染，我希望你無比確實的驗出有病毒。我要你跟他在一起，永永遠遠。」

你的成功就是你的失敗。

我的成功，是我們的失敗。

可這就是愛啊。愛是鬼，他經常附身。愛是痛苦，是折磨，是殘酷。是欺騙。他讓我們露出最不想要的模樣，變成最不想變的人。

如果不是愛讓我們變成怪物。就是愛讓我們發現自己。而我們也只是怪物而已。

在我再說出什麼前，在一切尚可轉圜之前，斗室裡日照猛然黯下，像電視螢幕拉成一道光屏嗶的關了機。

花痴進行曲

Hey，親愛的，這是第幾次失敗了呢？默默流著眼淚奔跑的那條街仍然長著，長得夠你來回跑上幾回，把夜都跑短了。天空一逕是分開時的灰，路燈都為你黯了些，你知道事情總是這樣結束的。要到下一次痛之前。但下一次。一樣痛。一樣發生。

為什麼這麼容易喜歡別人呢？

有的時候僅僅是因為他笑的時候所露出小小的虎牙，有時是側臉的形狀，或某個不經意的動作——例如蹲下綁鞋帶時背弓起的弧度、猛然灌完手上半瓶礦泉水只為了把它塞給一旁回收阿婆……，但能說出來的，都不算數。因為他是太好看的人啊。因為他給人的感覺很那個。哪個？就是那個啊！這樣說不清，才一看再看，第一眼是偶然，第二眼就覺得對了。再來的反覆，只是確認，或是害怕遺漏。你知道，過去了，也就沒有了。那時候，空氣中的濕度變了，你眼底變得比較黑，從鼓面邊緣都能感覺到核心巨大的震動，心底有好多豆子隨振幅滾動，跟著期待他也對你有那麼點感覺，公車裡幾度對上了眼，電梯裡不小心觸碰到手指，喔，等等，隔壁桌那個人，為什麼要一再回頭往這望呢？

他們都說我是花痴。

花痴給別人機會，把一切當成命運。花痴相信偶然，卻認為發生的都不只是巧合。花痴跟你第一次見面多害羞，心裡已經認定了老婆腦公的叫。花痴不隨便，只是拒絕得少一點。所有的花痴都住海邊，愛很寬。花痴的地層等高線比較低，誰都容易爬上去。花痴很大方，隨時把自己給出去，所以要對自己很小氣，手心都握得緊緊的，像捏緊了錢包，其實掌心多濕，也沒什麼好擁有了，只能掐著自己銀幣一樣發燙的心。

不要隨便愛上別人啊。我親愛的連續劇女王朋友們都這樣跟我說。我說你們真傻，要不是有我這樣的人，憑你們長這樣還會有人欣賞嗎？我是沉默的大眾，創造下限，拉低平均值，強健你們自信，撐起基本收視客群。我倒覺得花痴若需要再教育，那絕對無關美學，而是健康教育。我們很瞭美，不是寬容，只是更能接受。但也不能誰都要啊，這多不衛生。談到衛生，那就是健康教育的範圍。

只有我知道，不是因為我們太容易愛上別人，而是因為，我們太相信奇蹟的關係。我們這世代花痴的教養是這樣的，是九〇年代女主角拚命奔跑的日劇，穿著和服捧婚紗，在日光白晃晃的大街上奔跑，一直跑，劇情動線永遠是痴心傻氣的女孩兒愛上那個成績最好臉最臭的男孩，這樣默默守著也拚命跑著，中間不小心幾個錯落的吻，一些撩撥，風吹亂了頰邊髮絲，心就這樣亂了亂了的，要一路跑到故事尾聲，男孩才會坦白：「其實我也……」

這是九〇年代長大孩子的信仰。正因為我是這樣的人，我們都是這樣的人，沒什麼好選。一旦以為遇到一樣的，就相信是他了。捷運上相摩擦的眼神，轉過街頭又回望，好幾次相遇。一萬次告訴自己他是了，可他終究不是。我們最後只能信奉努力，如果還不能達成奇蹟，那就是因為我們不夠努力。

要愛人。但不知道該有多愛。學不會分寸，總是全有或者全無，但至少還保持勇敢。

我喜歡我們盛大的行進，多洶湧。花痴經典案例，我想起自己第一次見到亮亮，那時他兼任編輯，第一次見，很倉促，根本猝不及防，朋友說，是那個某某邀他來一起吃飯的，怎麼，你聽過亮亮嗎？我哼了一聲，臉上多冷，心多熱，不動聲色，說去旁邊商店街逛逛，其實邊紮襯衫邊找有沒有大型藥妝店。搞什麼，今天穿這樣怎麼和他見面呢？戴粗框眼鏡，頭髮都沒抓，還頂一張大腫臉。於是就使出一千零一招，拿起藥妝店裡試用化妝水，手背上抹一點，還作樣子拍開來，喔，你瞧這多濕潤多好吸收，一看走道上沒人，手背猛往臉上搥。那就是我人生第一次幹架，說到牙齒彷彿穿透面頰戳刺手指的立體骨感，可不就是在屈臣氏用自己手背抵著臉，幹架和去見愛人一面沒什麼差別。跟著折到下一區，什麼，髮膠沒拆封試用的，我左瞄右瞄，二樓大面落地窗下他正走過來，孤身一人，千軍萬馬，兩旁路都空了，像世界都要讓一條路給他。紅綠燈號誌轉換前，啊，搏一搏，就在兩個櫃架之後，某牌ＫＹ潤滑劑正在做促銷，架子上且開了一罐給人試試手感。一旁廣告且標榜透明、黏稠、持久保濕，那時我眼睛一亮，心裡浮現的成語不是天無絕人之路，而是頭過身就過，原來男人真的只要一罐就能搞定，哪管下頭還是上頭。

花痴是這樣登場的。那時候，滿頭潤滑劑，心裡怦怦跳著，感覺耳後後腦杓有黏液混著汗液留下，眉毛好重好重都黏住了，一邊費力的抹開，說很笨的話，一萬次表錯情，猛吐舌頭，眼裡好純潔，很無望，又充滿希望。

這就是花痴。花痴是半路上的聖者，有去無回。花痴是剛下寶座的上帝，沒了大能，依舊胸懷大愛。花痴是夜晚的革命家，等不到下一個天亮，已經整裝重新吹響進攻的號角。

那之後呢？那之後的事情，你已經知道了。沿著操場奔跑，哭泣或跌倒，說些很決絕的話，狠到不行，不行的只有自己。二十八還感到十八歲時的痛。花痴對別人很好，所以花痴對自己不好。

作為重度花痴，我們唯一的成功，就是我們的失敗。

我多想把故事停在這裡。那讓花痴看起來不幸但討喜，有力而無害。可以做花邊，不會出現在頭條。

花痴不害怕失敗。花痴害怕的，只有成功。

「如果他真的接受我呢？」

很奇怪，容易獲得的，也就容易放手。因為很輕易的得到，也可以很輕易的不愛。

花痴的心是淺的碟。一張碟子可以盛好多次，但總是淺嘗輒止。那只是一種癮，不到飽。也不能飽。

不要了就是不要了。

忽然之間，魔法就消失了。

事情非常公平。

所以我才喜歡亮亮。他永遠和我保持距離。我就愛他不愛我。他跑我就追。我停他也停。他必然知道我喜歡他。他會跟我打招呼，但總表現想不起我名字的樣子。他安慰我，卻不到親暱。他不拒絕我，可不代表接受。他一叫，我總立刻到。他的需要，我絕對照辦。幫買三十元御飯糰還加送架上飲料做紅綠標籤組合。不是我追著他，是他拉出一條繩子，像牽狗散步，那條常走的街，一晃就幾年過去。

有一晚，他喝醉了。我騎車送他回家。走那條路多少次了，我感嘆的說，我送過多少人回家，卻沒有一次，有別人送我回家。那是花痴的悲哀，走的都是單行道。亮亮應該笑了，在後座，一句話沒說，我回過頭，他的嘴微張，牙齒在路燈下隱隱現現，很沒有防備，像在說一些很重要的什麼，因為聽不清楚，才必須靠近，越靠近，越聽不清楚，耳邊傳來自己隆隆的心跳。

那是一種邀請嗎？

那時的他，那麼脆弱。像一頭受傷的小動物。我停下車來，踢起腳踏板，這樣一動也不動。那是我們最靠近的時候。星球還在運轉，頸子能感受到後邊的熱氣，星星都好近好近。

然後，我猛然回過頭，湊過臉去。

也只是把他掉下的髮絲掠回額頭。

之後頭也不回的，把他丟包在他家門口。看著他扶著牆開門關門。十四樓靠窗燈亮燈暗。頂好是拿一根菸在下頭等著，彼此之間星星滅滅的火苗也就在幾次呼吸間結束。

可惜我不會抽菸。

沒有火點起，天在這時只是惆悵的亮了。下一回，彼此之間，什麼都沒發生過。那一晚短得像是一個紅綠燈變換之間的夢。

這就是我最美好的故事了。

多殘酷啊。你被利用了吧。咖啡館裡那些連續劇女王們說，像是舞台後齊聲合唱的歌隊。可我覺得，亮亮是真懂我的。對花痴而言，初戀就是永恆。越遠越想追。註定得不到的，才是真的愛。

我只是想要愛啊。我說，在我身體裡，有一頭愛的怪物，在那之後，不管我擁抱多少人，把頭顱擱在誰的肩膀上，眼睛只會往一個地方望去。我深切明白一個道理。能讓愛保值的方式就是，你要跟一個不愛的人在一起，才能永遠去愛人。

我們九〇年代初萌芽的性

我們九〇年代初萌芽的性，很髒，髒得很乾淨。健康教育十三章，停車坐愛楓林晚，什麼都能讓我們笑，桌子下推推擠擠，心照不宣的對望，菸一樣點起的眼神，星星火火，但也就是如此而已。最堅硬不過手指，再潮濕只是掌心，一個人的時候，怎樣都可以，九〇年代的午後長長未完，才睡醒唇邊殘留的口水未乾，也不色情，只是好奇，一點念頭像是新長的鬍子一樣勃發，硬硬的，就想把它弄出來。從抽屜後面拿出小本的，有時錄影帶，最頂級不過是VCD，那時哪有什麼大容量D槽或DVD，存儲容量最多800mb，那裡頭來不及換片讓他們撐到高潮，你這邊就已經完事了。滾沸的海水，帶著浪花泡沫的鹹味，始終沒搞清楚唇邊嚷著誰的名字，心頭那張就要浮現的輪廓已經淡掉了，推開房門出來好清爽又是一個新的我，偶爾狐疑嗅嗅手指，只有自己覺得自己髒。

我們九〇年代初萌芽的性，與時俱進，八〇年代帶頭衝，政治解嚴了，社會更開放了，九〇年代的性，該有的知識都有了，該會的姿勢都會了。思想與物質條件皆備，且天助自助者，又多了新玩具，日本十八禁遊戲於此時登島。考其史前史，要到八〇年代，隨著電腦技術進步，位元存儲量越大，畫素越清晰，慾望始見圖像化數值化，色情終於成為一種遊戲。真奇怪，直接做，反而不好玩，還不如看片了事，所有的H-game，迷宮裡大冒險還是學園裡青澀愛情追逐，以身體為終點，過程卻都是人際關係的模擬。遊戲裡女孩有她們各自的性情，雖然結局都是一樣的，嗯嗯啊啊，但中間過程一點不含糊，什麼場景，什麼情境，不同狀況，迥異的對話與行動選擇，有時要安撫，有時必須拒絕，佯退實進，越扶越醉，打蛇隨棍上，考驗的是手腕，是舞會裡用膝蓋強頂撐開對手大腿根部那樣表面優雅其實是肌力頂真格在相較的鋼鐵對決。那裡頭複雜的人際關係酬酢，微縮職場或校園群體裡權力關係在小女孩國度的扮家家裡，其實那個座位的分配，一個點頭，一個進退，都是整個文明的縮影。所以說，越色情，越文明，九〇年代萌芽的性，很老成，卻都在裝年輕，有多放，含苞緊緊。在九〇年代，男人還是男孩，談起性，每個人都還像勁搞搞的高中男生，畢竟還有一點顧忌，還知道些禮貌，明撥暗弄，內心有頭小獸正踢蹄嚼草，頭上就要掙出濕淋淋的小角。九〇年代的夢中情人，都是高中女生。

同級生、下級生、夜勤病棟淫獸學園鬼畜教師屬於無名指的教科書，九〇年代經典H-game故事經常發生在高中，學園祭，畢業旅行，溫泉密湯，夜裡偷偷約出來的游泳池畔，還是日照中有無數塵埃緩升陡落的體育館軟墊上，保健室阿姨的逆襲，校長總從後面來，發生關係都是學姊學妹，遠交近攻，不同於別代人，八〇年代出生的男孩，九〇年代開始長大，我們剛擁有人生第一台電腦，恐怕也是家裡第一台，人人桌上是只笨重的大盒子，連網路都沒有，多封閉，卻又知道那裡有個出口。別代人儘管跟著玩，也就只是在玩遊戲而已，我們卻是自己在玩自己，我們在遊戲外是學生，在遊戲裡也是學生，白天上學，夜裡學上，螢幕裡角色們互相交給彼此，螢幕外我們把自己交給自己，我們才是H-game真正的同級生。

我們是從螢幕上把自己生出來的第一代人。

可該過去的，總會過去，該進去的，也有機會進去。有一天，同級生會畢業，你也會經驗的，像你在頂樓反覆追問那些終於達陣的學長學弟，看他們倚在欄杆上哈出一口煙，連半空停留的煙氣都比你有形狀，好半天才聽他擠出一句：「有一天你會懂的。」

有一天。你不知道有一天就是那一天，太倉促的開始，太快的結束。湯湯水水，濕濕黏黏。長久以來的冷兵器講布陣計較糧草援輸的操演，卻錯愕終結在熱核武按個鈕三秒就發射結束。那就是那一天。之後，是一天又一天，有了那一次，之後一次又一次。

「啊，原來是這樣的一個地方啊。」你真正進去了，遊戲中，還是身體裡，那時候，你是讚嘆，還是嘆息？

可也就是那樣。我們九〇年代初萌芽的性，和每個年代的性一樣，永不飽足。但也不是真飢渴，只是慣性想要，像吃三餐，畢竟不是真的餓，且要什麼來什麼，將就點，也就下肚了，只是誰都鎮日溜著晶晃晃的眼珠子，燙得發黑，不忍看，怕會燒穿，偏偏肚子這麼大一個，探頭望，望不到下面，那可不是地獄圖中的餓鬼變相？真可憐啊，汝愛我色，我憐汝射，一切竟是如此，一切不過如此。那時你真心覺得自己老——畢竟，你連死都不怕了，年少時喊過多少次要死掉了要壞掉了，還不是好好的——現在卻遺憾，餘生的長，都不如二十歲某一晚噴發激射的短。高中夜裡第一次的快，也許比將來每一天都要痛快。

九〇年代後，整個時代都在玩online game，網路讓時間加速，一切都在變，卻只我們這一代卻還停留在H-game裡，像是以相抵的肉身為槓桿支撐點，世界顛倒過來了。

身體反而容易抵達，H-game的過程卻變成人生的目的，那其中枝狀蔓延的人際關係彷彿永遠不結束，反覆的盤算，檯面上淺笑，台下交手，當肉體的上下變成規律，進出成為頻率，初鹿鮮奶不如保久乳，性已經死掉了，但要活著卻仍然要持續在人際關係裡出出入入，要去吞吐，去試探別人的深淺，才忽忽理解，這就是社會化了，這就是長大。可我們心裡還停留在遊戲中，我們還是那個萬年高中生。

我們是自己把自己生下的第一代人。但所有人都長大了，我們還困在那小小的螢幕裡。

好疲倦好疲倦啊，好想休息一下，那時，心頭想要遙遠的一個人，嘴邊浮現一個聽不真切的名字，有點感嘆，有點惆悵，兩個人是爽快，還不如一個人的舒服。

還想念一個人的，濕濕的遊戲。

那或許可以稱之為一種高中生式性慾，我到這麼大了，有時還覺得自己身體裡住著一個高中生。那是祝福，有時是恐怖。高中就是那樣，有人管，才有人反。反的是體制，是管理，是規矩，總之，還知道有什麼可以反，還沒到底，所以還有點希望，也正因為還能反，所以覺得自己畢竟是有些對的地方。不好的，推給要反的。都是他們造成的。後來我發現，這半生，依賴的，往往不是自己的對，而恰恰是因為，他們的錯。所以有得反的時候，興高采烈，等真的要自己出頭了，做什麼還有點畏，把退讓當禮貌，很遲疑。

我身體裡住著一個高中生。而高中生活是什麼？是什麼不重要，那只意味，後來日子還長的呢，所以晃悠一會兒也無妨。失敗了，明天又是星期一，學期還沒結束，還有機會重新再來。因此我始終抱著一點僥倖，做什麼都有點交作業的心態。時代的餘蔭，身家的積厚，還有那麼一點點小聰明，所以總能在最後一刻趕出來。成功了，被讚美了，甲上上，因為知道是趕的，再得意，也是有點虛。沙中堆塔，只有自己知道根腳是虛的。失敗了，也不真喪氣，畢竟只是趕的。誰知道認真會怎樣呢？雖然有點懊悔，也不是真的痛。沒到底，還對自己有點餘地。

以前讚美高中生年輕，但到大了還是高中生，再年輕也只是輕浮。以前說高中生還有很多可能，到此刻，還在還，還有很多可能，其實也就沒有任何可能了。

那就是我以為我這一代的憂傷。憂傷在，說到底，我已經不是高中生了。

那就是我以為我知道這一代的憤怒，憤怒是，我才剛剛知道這一件事情。

而這樣的憤怒，才更讓我憂傷。

「欸，你還記得那個很H的遊戲《同級生》嗎？」

還記得下級生夜勤病棟淫獸學園鬼畜教師屬於無名指的教科書嘛？

不，我不是真的想念這些遊戲們。我只是還記得那個在世紀末遙遙走來的還張著晶亮眼睛的自己。我不知道是自己太晚長大，還是這個時代太快老。我想念機會。想念各種可能。連小房間裡螢幕上髒髒的性都讓我想念，因為那時我全心全意的投入，還能擁有，向著螢幕交出的，也都盡我所有。

所以，已經沒有任何可能了嗎？我這一代，還沒真的變成大人，就成為老人了。且像高中生的性，來不及進去，便已經出來。

很偶爾的時候，會重新想起有一款遊戲叫做《卒業旅行》，男孩叫了死黨和一群女生搭上遊覽車想要留下學園生活最後一次共同回憶，這是對我們青春，或是整個單機版本色情電腦遊戲預先告別的隱喻嘛？但就算是簡單一次畢業旅行也有好多選項要你決定。可如果你什麼都不要，要幫忙路邊的女孩嘛？不要。要去探望學姊嘛？不想。當你拒絕所有人，把劇情超展開的枝狀圖全部砍斷，在結局尾聲，那一個下著雪的夜裡，記憶的螢幕裡還有九〇年代畫素斑駁的雪花，你會看見，結局畫面中為你敞開身體的，竟是你的死黨好友男孩。「欸，某某，」他喊著你的名字。螢幕裡男孩望著男孩，他們對彼此伸出手來。孱弱的莖幹，孤獨的眼神。螢幕外，你褲子都脫好了，手懸半空，錯愕又有點了然，心底有些什麼在騷動。那就是我們九〇年代初萌芽的性。一切都有可能，什麼都不要了，還是有選擇。

我變成這樣的怪物喔。長不大。走不快。經常絆倒。老回頭望。我們的失敗。但一切就像九〇年代初萌芽的性，千差萬別，千插萬別，多希望遊戲能再玩一次，多希望遊戲就停在那一次。一次也好，就算是在那樣的年代，讓一個男孩，碰到另一個男孩。

說鬼故事的方法

我就要離開這座城了，新世紀，一切都像告別。想起兩則故事，恰好都是關於鬼的。

第一個故事是室友小C告訴我的，兵役穩妥妥把我們幾個不同生活型態的人圈在同一空間裡，溽熱的小房間裡，我們且像幾塊積木手忙腳亂這邊挪那裡放，既要變成國家替我們劃定的形狀，又試圖彼此貼合，習慣各自的鋒芒與稜角。

駐防的單位是舊醫院改建的，城市鬧區一個斷頭三叉路盡頭，車也少，人聲也稀，那樹蔭濃得讓暑熱的午後也有些陰。處身其中，身子既熱又寒，小C的聲音想張揚又配合內容有些壓抑，他招招手，低聲跟我說，昨晚他被摸腿了。

「什麼意思？」

「就是字面上的意思。」他跟著把褲管往上捲，膝蓋處青紫幾條瘀痕，還真像指印。

「是昨天晚上，不，更精確點說，是凌晨唄，大概是五點初，還是四點呢？」他的腔調讓我想起日本小說裡可能出現的描述：「確切的時間並不清楚。但醒過來也就是醒過來了。像忽然從極黑的深井探出頭那樣陡然張開眼來。」黑體字旁邊也許要加上圓點點。此時小C猛然張開手，虎口圍出く字形，他說，醒過來的那一刻，有隻手就這樣落在他左邊膝蓋上。虎口成環，成箍，緊緊的圈著。

「我知道有一隻手搭在我膝蓋上。那是一個人的右手……」

但為什麼強調是右手？我還沒開口問，他繼續說，雖然那個當下，他並沒睜開眼睛，「但一切感覺都那麼的真，」他甚至能清楚說出那個人的五官，鼻子怎樣，眼睛怎樣，臉的線條如何向下向後收束，鼻尖以下是暗影，就這樣貼伏著他的身體。

「然後呢？」

然後，小C一伸左手就往我大腿根處襲來，我反射性向後縮，邊嚷著別鬧了這麼大人兒了還玩小學生窮撩撥似乎荷爾蒙無處揮發的淘氣遊戲。

小C沒有停，那隻左手最後落在自己右邊大腿上，他說：「別問為什麼，但我就是知道，下一刻，另一隻手，會搭在那。」

他左手就這樣攀著自己右大腿。

「然後呢？」

「就是這樣。」

這是什麼意思？

想要再問，但下一秒，我忽然就明白了，小C很懂說故事的訣竅，關於細節的描述，聲效與適時插入的動作，以及一連串緊湊翻覆情節後猛然乍止的留白。這裡正是他故事最恐怖的地方。

小C描述的，其實是一個攀爬的動作。

左手貼膝蓋。右手攀大腿。

「『那個』正一點一點的往上爬。」

我腦海裡浮現那個靜止乍動的瞬間。濃稠的黑暗裡忽然憑空掙出一隻手，隨著半空手指曲抓，一根一根根，一點一點點，然後是又一隻手，就這樣貼著你身體往上。再往上。

最後的畫面必然是眼前猛然探出一張臉。

且是臉對著臉的。

「對！」，小C用力一拍手，他說：「『那個』在往上爬。我告訴自己，一定要醒過來，好像有聲音告訴我，不能看到他。絕對，絕對不能看到『那個』的臉。」

小C誇張的張開手，表情動作俱佳，他嘴角抽搐好像有人在他身體裡踩機車引擎筒，眼睛在某一刻像撐起鐵捲門那樣怒睜，他說他拚了命終於張開眼，就是那一秒，他覺得自己眼球會如剛冒出城市尖端那丸日頭那樣爆出萬丈金光。

結果呢？

「結果，」小C說，「哪有什麼結果呢？」在小C面前，是這座城市清晨已然洶湧的日照，隔壁同梯的鼾聲規律起伏，有無數微塵在半空浮蕩。

最後就是膝蓋上那道瘀痕，還真的有！就此為故事留下暫時的註腳。

「欸，真有點他媽的毛耶。」後來，我陸續跟幾個室友重複小C這段故事，舊醫院的恐怖鬼話，亂像深夜節目裡會請B咖演員用類戲劇方式演出，子母分割畫面同步播放來賓發出「ㄟ」、「咦」做派的聲效與表情，我且模仿小C說故事的節奏，關鍵時刻忽然探出自己的左手往對方大腿深處摸，在同僚打罵笑鬧「哪可能」、「幹別亂摸」的嬉鬧聲中，我會老實招認，這可能是我在這座城裡所聽過，最恐怖的鬼故事了。

但是，憑什麼說這故事是「最恐怖」的呢？只因為這是身邊之人號稱「親身實歷」，或因為自己正身處故事的空間中？

還是，我真正想問的是，為什麼越長大，鬼故事越不恐怖？

這座城市的鬼們去了哪裡？

如今想來，如果恐懼也有其教養，那我們的恐怖教養，其實都和空間有關。固然山精野狐依然以低成本預算出現在第四台填午間檔次那些鄉野奇談與民俗故事裡，台灣民間故事還是鄉土奇談，但正因為場景總是土角厝還是四合院，或書生乍睜開眼豪宅大眠床僕人奶媽全變成黃土原上錯落石碑的茫茫然，那反而離我們生活很遠，九〇年代帶來恐怖片的一波熱潮，它的恐怖總從我們生活面著手，或藏在錄影帶裡（《七夜怪談》還是正流行的偽紀錄片形式？）、在來電鈴聲或是直播網站裡（《鬼來電》？《亡命直播》？），活用大樓結構連著電話線一直拉一直拉會土石崩落摔出一隻乾枯的手，還是打開水龍頭流出人類長髮，那之後順著排水管上溯順水閘直連到某個生著鐵鏽的水塔裡一具孤寂撞擊著牆壁的肉白身體……恐怖片裡要製造驚嚇的方法無他，那就是貼著我們生活的切面，在空間裡尋找各式可能，轉化日常空間用途，也就是說，也許不是我們生活在恐怖環境中，而是恐怖棲息在我的生活中。

我們是九〇年代長大的孩子。我們活在最好的時間裡，我們在尋找理想生活，而關於理想生活，或說一座理想城市的擘畫，往往就是排除恐怖的過程——一座座通透覆蓋玻璃帷幕的大樓、無死角截彎取直的交通幹道，更多的安全措施、都市更新、大規模科技造鎮計畫以及「更節能、更環保且便利的系統設計」——描述「系統」通常便是規範了人與人交會的可能——其光譜兩端無論是極孤獨的「制度」制約了人（也就是科幻片裡孤寂的金屬氛圍，人體連著管線讓機器操縱、或烏托邦集權政府管控人類），還是比較溫暖的「科技讓我們拉近彼此的距離」（《星艦迷航記》曲速科技令「人類齊心探索無邊際宇宙」、跨種族與身體的……）——這些近未來圖像裡，印象派似大片光源主導了畫面，陰影隨著光照一寸寸退卻了，蒙昧與神祕都遠了，原來與文明對立的，不是野蠻。而是神祕。

所以，在一座越有規劃越是有制度的城市裡，那些鬼都消失了。

很多時候，那就是我們的理想生活。出現在路邊發送的建案廣告上。山林王居。佛羅倫斯。甲天下。眾山小。

不，再轉念一想，那正是我乍聞小C的鬼故事之際，忽然明確感知到的。正因為城市的擴張與「理想生活」概念的追求，鬼才因此得以保留。多矛盾，鬼因此消失，但鬼又因此生產。正因為有了光便會同時存在暗，在城市裡，越想排除恐怖與陰影，反而促使「恐怖」變得可見。那就是「廢墟」的誕生。

那就是鬼的誕生。

例如我們所駐紮的舊醫院，相較於周邊商圈的新，跑動的車輪與捷運軌道帶出高房價和更多人潮，醫院便顯得老了，皮也鬆臉也垮，縱然裡頭鋼梁骨架俱硬，空間也還堪使用，去了病人，換上了軍人，但在那置換的空白裡，很自然便成鬼魄活動的空間。過去的歷史讓它沒了歷史，曾作為醫院的履歷不能為今日變作軍營的空間所沿用，那多出的時間以及滯留下的空間——例如依然可以看出是病房的房間格局、樓梯口未及拆除的老櫃檯、傳說曾經是太平間的停車場、口耳相傳別睡到手術室——便生出了鬼。有鬼影在耳語中飄蕩。不是因為有鬼，才讓空間顯得恐怖，而是因為空間折舊了，才容許鬼魄出沒。

鬼是一切被排除的時間。

鬼是髒污。是與周旁格格不入的不合時宜。

鬼在舊醫院飄蕩。在某個夜裡爬上今人的腳。

這座城市裡，鬼可多著呢。

鬼是城市黃金地段且冠名「新」的公園裡貪求身體歡愉於廁所或涼亭相摸索的遊魂。

鬼是舊區大廟前據一方草蓆就這樣睡去的遊民。

鬼是更新計畫範圍裡不肯走的釘子戶。

鬼是路邊的乞兒。是推著車紅磚道上猛磕頭的殘疾人兒。是擋住捷運線路不讓「進步與文明」橫衝直撞開過去的重症療養院舊址。

在「我沒有歧視他們這種人但請他們不要出現在我面前」這句話出現的同時，你就現形變成鬼了。要不隱身。要不成人。成為他希望你變成的人。

這些都是屬於城市的鬼話。在我居住的城市裡，現代式的驅魔是試圖用水柱沖淋遊民。是趁釘子戶離家抗議時呼告「天賜良機」大舉操兵拆除。是集中管理，是遷移，是「可能導致人獸交」，是「整批抓起來送到陽明山野放」，是「燒毀」，是「可以去國外定居結婚啊」。是拉起的封鎖線還是拒馬刺流籠所圈出「舉牌三次巡行告發」……

我的另一位室友大成則對於小C的故事有另一番詮釋。那是我在說第二則恐怖故事時意識到的。

場景依然是在舊醫院裡，那時我躺在行軍床上，隨便翻個身都會發出刺耳嘎吱響聲，營裡規定晚上十點半後才能開冷氣，在這樣蒸沸的熱夏裡，男孩都打著赤膊，身子壓出草蓆深淺痕跡。我便這樣光著上身，側臥房間最深處。打我這角度望去，恰能見靠著房門那張床的床腳，那是屬於室友大成的床，此時一道身影正蹲身在床前。

我重述起小C的故事，那一頭則傳來大成的聲音，他問：「那小C有給你看他另一邊大腿的瘀青嘛？」

我搖搖頭。

「還好他沒給你看。」大成說：「你不知道，他接下來，可要你幫他摸摸吹吹呢。」

什麼意思？

就那個啊。

空氣中響起吸啜聲，我可以想像此時床前的大成噘起唇深吸一口氣讓口腔成中空，一下子兩邊臉頰凹下去卻放任舌頭在裡頭左衝右突，頰邊便有什麼不停浮起又突出。

喔，我懂了。大成幫故事做了另一番詮釋，關於軍營裡謠傳那一套，深蹲下去撿肥皂。老士官長的邀約。八八坑道最香醇。流言耳語，聽說某些男孩夜半裡相約，一起去廁所沖涼。那些水流聲裡壓不住的喘息、從門縫下往裡頭瞧多出來的一雙腿、順時針渦漩捲進排水口乳白的沐浴乳殘沫與掩不住的腥味。

一手貼著你膝蓋，另一手陷入大腿，據說小C和那人在浴室裡被長官破門闖入抓到那次，就維持這個動作呢。

「原來這麼激烈抓出痕跡來喔。」大成幫我的故事做了另一番註腳。「噁心。」他說，聲音裡滿滿異性戀男生氣質的雄壯威武，這一刻他吼得最像軍人。

於是城市裡的鬼故事一轉彎成為小報上或耳語裡讓人心臊臉兒紅的黃色故事。公園還泳池隔間隔著塑膠隔板上孔洞的勾搭相勾引。

圖書館廁所上貼著「勿挪為他用」之突兀標語。

更早之前我父母那代讓他們為之神迷的小生在公共廁所裡被抓個正著正偷歡。

事實上大成對故事做的詮釋不過是另一種鬼的現形。分明把門關起就是私空間，但那背後關性別與性的禁忌，道德與規範的踰越與踰越的愉悅，讓鬼沒有因為「不神祕」、不是「超自然」就消失，且因為髒污與被蔑視而成牆上人影反被拓印出鮮明印跡。

鬼一直都在。是我們不肯讓他走。大成的那一聲啐，令小C腿上那道指痕，巴掌印一樣清楚拍在我心頭。

已經這麼久了，縱然我們自詡為文明，自覺能包容，能接納，但依然，鬼魂仍棲息在我們內心的角落。不時冒出他的頭來，吐吐本來已經拖太長的舌頭。

我不知道鬼魂是否有聲音，但鬼故事裡的鬼本來就是對於秩序的擾亂。而在我居住的城市裡，有時候我看到暗影，有時候我們白日撞鬼。有時，則恰恰是我們自己製造了鬼。

（「『那個』正一點一點的往上爬。」）

「等等，先說那個和小C約在浴室的不是我喔。」我搶先一步說，才沒這麼沒品呢。

「你是嫌浴室髒不肯跟小C嘛？」

「我是嫌小C醜。」

我們開玩笑。我們自清。我們推託。總之，千萬，千萬不要承認。千萬別與他面對面。

也許對眼那一刻，我們照見的，會是自己滿布著厭惡與離棄的，一張鬼臉。

等等，那關於第二個故事呢？

我這不是一直在說嘛？就在我對著床腳大成的背影絮絮叨叨關於這座城以及其故事，還沒全說完呢，句點猶然懸浮半空，床前那黑影忽然起身，急風狂雨往門外走去，半點不留人。

欸，有沒有禮貌！我還在說故事呢！

我翻身從床上坐起，走廊上哪還有人影，只有自己肩頭上痱子粉正星星點點斑落。而另一頭投來訝異視線的，是好端端正坐在床板上從書本後探出頭的大成。

所以大成一直待在床上？

我瞪著他，一字一字的問：「那剛剛蹲在床前的那人是誰？」

寫作既不衛生又不安全

上半場已經結束。下半生，大概也不會有多大改變了。也就這樣了吧。我甚至已經打定主意，這一生也就這樣了吧。

接著我被派往菲律賓。

此刻異國城市建設正興，從視覺面短兵相接開始，腦子裡一切都像機場裡登機板上文字在啪啪翻面在改寫。可這樣的刺激也不曾激發我什麼，一切像我沒有意義的一生，什麼都定下來了，反正我終究是會離開的。同住的室友說：「你太世故了。要年輕一點，活潑點。」單位裡領導的老太太則說：「你還太嫩了，不要以為自己裝滿了，要把自己倒掉。要吸收。」有時候我覺得他們真的看到了我，有時候我則覺得自己是一面鏡子，他們只是看到自己。而當他們看到自己的時候，就看到我。原來我真的是一面鏡子，裡頭什麼都沒有。什麼都不是。只是堅硬。只是反映。

駐紮在不同單位的同僚神祕兮兮跑來探望我，他說，欸，有好玩的耶。要不要去試試看？

他說：「走，哥帶你去按摩。」

我說：「按摩有什麼好玩的呢？」

「你按過嗎？」他問。

「那倒是沒有。」

「那你怎知道沒有好玩的？」

「我知道。」

從他說「好玩的」的那刻，我就已經知道會發生什麼了。他越是說得眉飛色舞，傾盡一切修辭，我越是感覺那後頭有一種乾癟，也就是嘗到幾次鮮，便以為熟門熟戶像連後頭的管線配置都了然於心，其實只是讓台前的慾望顯得很孤單。當他轉換策略，隱隱的說，像退到簾幕後，打手影，講雙關，時不時眨眼挺眉，一切都意在言外，我倒感覺，那些都已經發生過了。這一切，湯湯水水，多複雜的動作與機關，算計，誘引，推離，碰觸，分開，延遲，加速，那哽在喉頭的嘶喊與噴射，多遠呢，還是滴在腳邊，這就是我們人類所能描述的性。這就是我們全部的人類史，那都已經發生過了。在我的腦海裡。在別人的故事裡。

而別人的故事，那一切。關於書寫。關於體驗。我都已經知道了。

那些都已經發生過了。被電視演過了。被遊戲玩過了。被我寫過了。我這一生都在演，都在寫。誰都寫這個，誰都可以看這個。不看也無所謂。不寫也無所謂。不是你寫也無所謂。一切只是細節變化的問題。一切只是順序排列的問題。

不是我老了。不是世界老了。也不是書寫。我只是覺得他們舊而已。老真好，有種熬出來的智慧，舊了只是舊了，也不是壞，在汰換和持續的邊緣，卻始終拿不定主意，一切只好將就將就。

他說你去不去呢？我說當然是不去的。拒絕得多不假思索，這才讓後續前往的腳步像是被迫的，都推說只是將就。

按摩院座落在馬尼拉的Makati，什麼年代了也早不時興叫按摩院，嫌老土，現在都喚作Spa。Makati是馬尼拉有名的風化區，多開放，什麼都能容，熱帶午後的雨在水

泥街道上還未乾，黃昏的霓虹燈已經點亮，水窪裡紅紅綠綠，等人一腳來踩破，空氣裡有一種潮濕的氣味，腥黏黏的，似乎怎樣洗都不乾淨。

所以，接下來的活兒，到底還有什麼好說的？我跟著他走進去了。但這一切我都已經知道了，事前的講數與按摩師選擇（「這裡只有男按摩師喔」，他們像是盡了告知義務卻又一副「你知道我而我也瞭你」的促狹眼神）、店裡的裝潢（藍光冷調標榜科技與未來感，拐個彎接上小房間裡土土帶著民俗風情的成串珠簾與木片躺椅。空氣裡播放New Age輕音樂，奇怪你卻想到台灣高速公路上的休息站，整個九〇年代都是小野麗莎或恩雅。一切都透露一種不搭嘎，一種假，但連這種假，你都已經知道了），脫衣穿衣，他們給你一種紙做的浴衣換，短得你幾乎套不下去，但反正你知道，很快就會被脫下來。你什麼都知道了。知道了還是要去做。

慢慢的，我開始發現樂趣所在了。正因為按摩師知道你期待什麼，他知道你已經知道，所以他所有的技術，都是為了回應你的知道。他按壓，他撩撥，每一次觸摸，身體的碰撞，都帶著一種暗示。像問你，要不要，敢不敢。你知道自己遲早會被帶走，你知道自己終將會應允，理智發散到很遙遠的地方，只留下身體說話。而樂趣就在這裡，在大撤退的預感前，樂趣在於扮演。要那麼不當一回事兒，面對種種叼，種種刁難，面對那千手佛像手指或撚或扣或扭或掐作大風車轉作萬千伏魔手印，我一方面知道，知道他知道我的知道，一方面又要違逆一切知道。一副遊客走錯了地方「唉呦，這回是唐僧進了蜘蛛洞」凸顯小鮮肉索索顫動的愕然，一方面又表現出一點退讓，一點動搖，一種「其實也未嘗不可」的猶豫再三。那多有樂趣，我這一生也不過如此，不停的扮演，扮演不會扮演，扮生裝懵，乃至有那麼一刻，我自己都困惑了，困惑於我知道我不知道。或我其實不知道我知道……

但你知道的，他終將開始喊價。從一千起跳。

你給我啊？不，這話是我在心底喊的。

八百。

我搖頭。

四百。

我緊閉唇部，腿都不張開一下。

四百五。四百二。不能再低了。

空氣裡的熱度正隨著價錢不停的往下降。

而在金額沒得談之前，更早之前，他的手指早離開我的身體。這一會兒，他甚至沒了聲音。

我想，是吧，結局就是這樣。

這我也早已經知道了。

但就算知道了，可實在等得太久了，我想，總該告訴我，該怎麼收尾吧，怎好意思讓我顛著兩塊屁股蛋兒光涼涼在這躺滿時數？於是，我回頭去看。

但結果卻是那樣。

在那樣幽暗的燈光下，我看到前一刻還商人那般精刮在嘴上小心調校數字微距的男人，這一刻，兩眼通紅，雙手在他自己胯下忙不更易地活動著。

甚且在我轉頭的那一刻，弄得我一頭一臉的。

忽然之間，我想到，如果有一天，碰到一個人，你們根本不認識。你們之間什麼都沒有，不，甚至更糟，你們之間有了，卻也沒什麼，只是明買明賣，但是，他卻對著你發射他的所有，你要求的，他不給，但他給出你想不到的，他給你更多。

那會不會，是一種愛呢？

以後也不可能了。再也沒有那樣的機會了。

我再也，再也不會像這一刻，被人慾望，被人愛著了。不知道為什麼，在那個夜裡，我嗚嗚地哭了起來。

這是一個祕密，我沒有辦法告訴別人。關於色情，污穢，抑鬱。陰暗。人類所有的性。以及，愛。

如果可以重來。

如果可以重新體驗。

如果可以反覆。如果記憶。如果有所謂召喚。如果有降靈。如果震顫。如果能逼近。如果只是如果。如果沒有如果。

如果我能創造。

如果我可以重新把自己生下來……

（恐怖片《七夜怪談》裡的貞子說：「但我停不下來啊，我只是想要……」）

而第二天，還有第二天。下半場，我拿起筆，決心開始寫作。

輯二

大人的旅行穿著提案

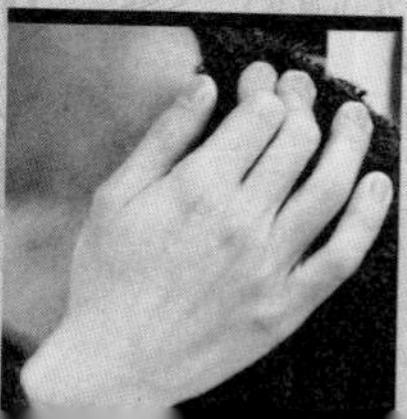

—內著—

內褲，旅行中

飯店送回的洗衣袋裡，夾著一件他人的內褲。

那讓整袋衣物都變得可疑起來。只是把衣服洗乾淨似乎猶不足以匹配「專人洗衣」這個服務項目，尚需搭配以壓出摺線的褲緣、噴上香精的領口、連每一條乍看一模一樣的白襪子都能找到另一半細心配成對，渾似從來沒分開過似，這一切井井有條，乃至用封口機特意把洗衣袋袋口膠熔起來似「還原為出廠狀態」，卻因為一條闖入的內褲，被打亂了秩序。

當然，它現在是乾淨的了，一如袋子裡的有機棉T或是絲質手帕，以純白顏色透露原本舒適的材質。但連這個乾淨都頗為可疑，它為什麼，不，憑什麼這麼乾淨呢？那代表這一條內褲，和袋子裡其他衣服是一機洗的？眼前頓時閃爍起核災似警示燈，像發現污水浸漬或病毒會自我複製，那讓之後每次抖開衣服都變得小心翼翼，看見絨褲上躺著帶捲的黑線頭，也以為是誰的體毛，「被污染了」，「會不會帶進什麼？」小小內褲變得比襯衫肩寬比西裝褲腳長比罩衫還飛揚更蓬鬆，這一會兒，不是洗衣袋挾持內褲，而是內褲挾持了整個洗衣袋，此刻內褲癟癟的囊袋正鼓脹到能罩住一切。

他人的內褲遂成為洗衣袋裡的刺客。那一整天，喔，也許時間要拉得更長些，從那一天算起，到癟下的洗衣袋復鼓成圓為止，每一次更衣，都會重新想起這件內褲，根本沒穿上，卻又好貼身。日日跟著。

旅行開始以後，生活裡這樣的事情越發多了。機場裡為錯過的廣播暗自驚疑，在餐館裡反覆用熱水沖洗刀叉，拿著紙巾一次一次擦著玻璃杯邊緣。或為路邊穿皮衣男子某個意味深長的凝視而加快腳步，諸如此，旅行意謂一場冒險，但這些連遭逢危險都談不上，一切僅僅是洗衣陰錯陽差混進來的內褲，是我們不安的小小總和。

說到底，內褲之於旅行，是大件事。

行李重量是論斤計，旅行時攜帶的衣物最要精打細算。上衣可以少帶，交錯搭也足以用配色瞞天過海；一個星期套同一件牛仔褲是灑脫不羈，披件風衣就走足夠成為個人專屬特色，但七天穿同一件內褲代表什麼？只有內褲必須跟著日子數，內褲的問題在於它還不夠「內」，固然有推出緊身褲型，還有一線牽少布料號稱「隱形款」，但始終還是隔了一層，它是屬於身體之「外」的，看不見，卻必然會意識到它的存在。無法減量。不重，也沒那麼輕，累積起來，依然在行李裡占個位。

一趟旅行，究竟該帶多少件內褲？以一天一件計？那僅適合把行李箱當成洗衣袋的短程旅行，帶出去乾乾淨淨，帶回來團團圓圓，怎麼捲再怎樣塞也無所謂，機場下地直接推回家中洗衣間。但如果旅行時間再拉長些呢？直到你把第一套西裝送飯店乾

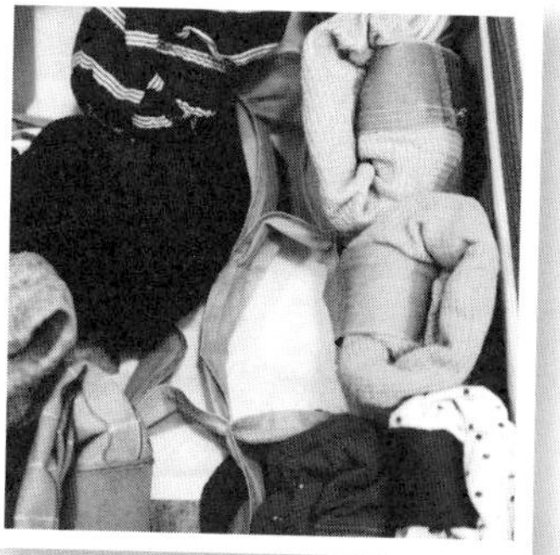

洗，或向櫃檯詢問自助洗衣店位置，口袋裡累積大量硬幣，坐在某個玻璃透亮並充滿鬧烘烘機器聲響的熱房間裡，好艱難的把投幣換來的洗衣粉跟著舀進去，空坐在那，且驚訝發現有一個行程是哪裡也不去偏偏轉轉轉的，那竟然讓你有點想起自己的人生……

內褲是週期，是日常的緊箍咒，肚腹以下，腿幹以上。你知道它在那裡，你脫不掉。你脫掉了。你還要穿上。要命的是，它總是勒得那麼緊。

所謂日常。所以習慣。

什麼是旅行？旅行也許是，連一件內褲都不能掌握。內褲遮不起來的，但多出來一件內褲，又足夠把一切揭開。

旅行讓你習慣去掌握。習慣不能掌握。習慣意外例如少一件內褲或比意料外多一件。習慣應變。習慣一個慢慢涼下來的夜色。習慣一個人。

習慣變換。

習慣不習慣。

旅行意謂從日常裡岔出來，或者我們可以逐漸什麼都不在乎。放下吧，什麼都放下，別說內褲，行李箱裡的藥盒，口袋裡的購物清單，昨天的積怨，明後天回去後還要繼續的計畫……就像小說或電影裡描述那樣，紅白塑膠袋拎著再自帶一把牙刷就能瀟灑走天涯，我們都在練習拋棄，那代表你開始不穿內褲，或者，這就是「紙內褲」的誕生，一種脫了就丟的即時與便利，那真正是一種剝脫，或說涅槃。行李隨著旅行日數越輕，內褲數量只少不多，身體從拘束中離開。如果在長途旅行時因為頻繁的換機以及時差少眠而失去時間感，那望一眼旅館的垃圾桶吧，從累積的紙內褲屍身，便足夠感覺出這些日子的輕與重。但更多時候是，一旦你開始注意內褲夠不夠，審視紙內褲庫存視為另一種計數時間的日曆，那時便已經從嚴格意義上的「旅途」偏離，連拋棄都成為一種存在的必然，旅行也許只是另一種新養成的習慣。

說到底，我們這一生擺脫不了習慣的。我們總被套牢，承諾、信念、愛、信仰或是衛生觀念，有時僅僅是內褲，而總有那麼一個自己。

一個變通方法是，如果你不習慣穿紙內褲，又不想為洗內褲困擾，就要從日常開始累積。亦即是，日常生活裡穿破的內褲不要丟，脫了線的、鬆緊帶失去彈性的、乃至被洗出洞的染出紅黃污漬的，甚至是過了季或僅僅是為購買當下審美品味感到疑慮的，在把它們丟入垃圾桶前，不如先丟進行李箱，旅行便成為一場漫長的內褲丟棄之旅，原來內褲也有自己的旅行，有趣的是，內褲不停重穿，日子再三重複，一旦上路了，重新穿上它，復想起過了今天，這條內褲就不在了，說到告別這檔事，就連內褲都變得饒有餘味，興味盎然起來。也許人生欠的不是永遠，而是一個恰適的別離。地點對了，時間對了，一個姿勢，幾句話，也許配上一首歌，告別了，很奇怪，在你心裡，它成了永遠。

旅行教不會我任何事情，我唯一明白的是，旅行是頻繁的告別。

告別倒是教會我很多事。它讓我受傷。它讓我猝不及防。它使一切從簡，能動用資源減少了，過程卻不一定變得簡單。它考驗應變，但只是變，卻不一定變好。它要我們交出很多，包括自己，但回來的，不見得只是自己。

旅行還要繼續，我凝望著多出來的內褲思索著，倒不是把它還回去就能解決一切，質問櫃檯為何多一件內褲是容易的，但要別人歸還內褲，可就是大問題了。誰會還呢？大概已經被當成垃圾處理掉了，就算有人真拎著我的內褲到櫃檯質問了，飯店廣播：「拾得豹紋綴金邊three gun三槍牌內褲一件，邊緣略帶黃漬。請失主至櫃檯認領，」我又真會出面嘛？那本來不就是想丟掉才帶來的？又要怎麼跟別人解釋內心一番糾結，畢竟，連自己都理不清了啊。說到底，拿回來，我也是不會要的。誰又知道那件內褲和誰的衣服一起洗過了，更曾遭遇過什麼，就算是髒掉的內褲，原來也比什麼都純潔，談起尊嚴什麼的，被狠狠踐踏過了，痛著，擲多遠還是苦哈哈願意撿回來，卻只有內褲，說不要，真的就不要了。這麼貞烈。

不要了也就是不要了。

受傷了又怎樣？

我說的不只是內褲。不只是旅行。

旅行應該是彈性的練習。試它的鬆緊，掂它的斤兩，我們知道生活的可為，也知道生活終不可為。縱然僅僅是一件內褲，有還是沒有，都是問題，也都不成問題。旅行是對生活秩序的破壞，又在旅行中快速建立一種新秩序。它努力定位，卻又不停偏移，既不是往這也不是去那，而是指針在這與那之間反覆的擺盪。它唯一的準則便是關於意外。可旅行中我們一次比一次迅速習慣，毫不意外很意外，幾乎以為可以一次比一次強大。

怎麼我越描述旅行，越像描述一次長大？

我終究要出發了。有個大人樣，每當變換時，很快進入狀況，立刻應變。過去也就是過去了。跌倒了拍拍膝蓋快速站起來。

旅行練習彈性。旅行本身就是一次彈性的展現。

那時候，旅行就不是站在生活的反面。它不是從生活逃開。而是一次調節。為了讓一切恢復彈性。

行李箱裡少了一件內褲，旅行卻不能短少一天。那就到街邊商店買了一件海灘褲穿吧，外褲連著網狀囊袋，也不用再穿裡褲了，內即外，外即內，什麼都很服貼，有點空，卻又坦坦然，多新鮮，我是從這一刻，開始一趟旅行的。

——造型——

自己的模樣

剪髮前一刻總覺得自己特別順眼。

出門前反覆凝視著鏡子，他也知道自己要消失了嗎？那時，髮似乎也不蓬了，粗糙的毛邊吸飽水氣捲得好像有點可愛，瀏海特別順，怎麼自拍怎麼好看，好看到近乎媚了，一雙眼水水的，似若有求，又有點依依不捨，但鏡中那個他可不就是我嗎？是他捨不得我，或我捨不得所有的昨天。連剩下一個自己，都不免要經歷別離。黃曆上該多一欄註記提醒，今日宜出門，剪髮。若得其貌，哀矜勿喜。

那之後，眼一閉，頸一仰，金剪刀，銀盆盛水。再張眼，來世了，領子邊斑斑點點，地上絲絲縷縷，風一吹，散無痕，頸際涼涼的，一個全新的自己。

在國外的自己也比任何時候都不像我自己。那是真的，空氣中含水量決定頭髮蓬鬆與捲度，在高緯度國家，我常覺髮搖如蒲公英孢子，又覺有靜電流其間，很鬆，很輕，領帶再繫緊一點，臉脹成一顆氣球，不等風起，也可以讓頭髮帶著飄走。而在熱帶國家，頭髮都在比短，齊往上梳或朝後壓，畢竟汗已經流成這樣，任何東西隨著髮絲披垂下來，都是一種拖累。

帶最少的行李，留很多牽絆以及頭髮在台北盆地裡，這麼輕省的離境，髮依然不免長。在馬尼拉剪髮，第一次，好害怕，事前準備好幾天，有商務英語教材有旅行英語，卻怎麼沒有剪髮專業英文教學？還好流程和在台灣時一樣，也先洗頭，洗完了，問要怎麼剪，這時趕緊抬起手臂開始念——我把句子和單子都抄在手臂上了，並列標點順序，弄得像是面試小抄——但才講完第一句，就沒話說了。不是要求太少，實在是手弄濕了，剛剛洗髮時讓水濺了，便順手往毛巾上抹去，這一擦，倒讓大半頭髮苟延殘喘，字都糊了，這下該怎麼跟髮型師傳達我要什麼呢？髮隱隱在長，人節節敗退，頹敗是多輕易，那一刻，忽然明白，如果不能溝通的話，連自己的形狀都會失去喔。於是跟髮型師搖搖手，剪髮換成洗頭。離開前對鏡照面，還是進來時那個自己，分毫未剪，由得他，但其實不由自己，竟是連頭髮都不受控制。喔，這是真的在異境了。髮線為界，我，就是異國。

追想起我在生長的城市裡如何向髮型師描述自己想要的髮型，這才發現，那頂不精確的，與其說抓造型，不如說描述感覺，不是寫實派，而是印象派，其描述概括不脫以下數種：「頭髮太重了，想要輕盈一點的造型。」「夏天到了，打算清爽一點。」「最近韓劇流行，想試試看溫暖的髮型。」

但「輕盈」該如何造型化？是作羽毛輕，還是中通外直彷若內有空氣輕？「清爽」該以數量計或就覆蓋面積評比？是片成捲簾半閉半羞，還是疏淡如柳絲，翻入風中再不見？奇怪的是，髮型師好像什麼都瞭了，才起個話頭，這些本名可能是春嬌是志明卻全部變成「叫我Vivi」、「我是Kevin」的髮型師們就迫不及待動工了，也許是因為頭頂同一個天，原來認同與文化不只連接於血脈，也根植於髮，說不清，卻通了，再隱密，多昭顯，一絲不留，又緊密相連。

但在異國，當我說輕盈，馬尼拉的輕與台北的輕，孰者較輕？我說想溫暖點，雨季城市下過即乾的午後可以想像盆地氣候終日凝結於窗框上的水滴嘛？

跨得過的緯度線，牽扯不斷的髮，寸絲半縷都不免計較。

異國再推進，再次進入髮廊，當髮型師問「這次想要什麼樣的造型」時，我深呼吸一口氣，演講比賽似，是出國第一次，不，也許是人生第一次，清晰且無比完整的說出：「兩邊不要留，額頭蓋起來且瀏海不要剪。」「頂端做出層次，留有空隙方便抓。」「兩鬢與後頭要用推子推高。」

話才說完，連鏡子裡那昨天的自己都靜默了。也許近乎驚嚇，原來所謂的「清爽」、「輕盈」該這樣換算為髮量和形狀，那是我第一次給了「感覺」一個明確的形狀。

我想要的，原來是這樣的自己。

離開髮廊時，空氣裡有新雨後的潮濕氣味，街道像被洗過，不只是頭輕了，似乎連眼睛都亮了。

走了這麼遠，卻忽然發現靠自己很近。

竟然會是在一個全然陌生的地方，才看見自己想要的模樣。

說到底，頭髮不只是頭髮，它決定了臉。與其說頭髮修飾了臉，不如說，頭髮也是五官，它有全部的表情。

我的頭髮聽我的，我的日子也開始順起來。日子似乎可以真的從頭來過，那時我交往了一位日本戀人，他堪稱頭髮的權威，生活在對造型極度嚴苛隨時會因為外貌低於平均值而外於團體中所謂「群」的社會，他的生存本能訓練他能在五分鐘內抓出複雜的髮型，很個人，卻又不乖離團體。我在他身上學到很多，無論技術或是審美，像是日式庭園的師父敬畏描述枯山水或如何將松樹折出蒼勁的枝弧。

他說吹頭髮時低頭以斜角噴熱風往上吹。邊吹邊撥，以亂為要，這時髮中殘留餘熱，蓬鬆蓬鬆的，可以立刻上髮蠟，手指隨意插進去，左撥又挑，隨手捻成一束一束，五分鐘就成一個沖天狼剪造型。

或是先把濕瀏海齊往一邊吹，半乾後，再逆向吹撫，這樣左右瀏海看來有兩倍蓬鬆，有種很自然的紊亂感。

刻意的凌亂。

自然的裸妝。

不對稱。不整齊。飛挑撥尖，反常不合道謂之美。

他跟著時尚抓Pompadour龐畢度頭，台灣俗稱西裝頭，露出光潔額頭，臉是臉，髮是髮，髮線以上，能多蓬鬆有多蓬鬆，火焰似上衝，颱風雲圖似逆捲，亂隨他亂，又亂不出什麼，畢竟都圈限在額頭上方了。那是龐畢度頭的精神所在，截然有度，不分線，卻有分際，又能在方寸裡作文章，地覆天翻。說來這不也是某種我對「外國生活」的想像？

我則求一種簡。視覺上刪除重量，耳後頸際頭皮青青，很涼爽，卻又留下瀏海散亂遮住額。可以覺得涼，很輕盈，又有遮蔽物，盼望別人看不到我的表情。清清爽爽，朦朦朧朧。

我們的髮也許對應我們的日子，他的頭髮在爆炸。我在我的頭皮上用推子開路。他要頭髮捲曲，我要髮絲根根絲絲筆直。他說我觸著他的毛，我要他別逆著我髮尾銳亮銳亮的尖。

我們常常靜默相對看，想把對方全看進眼底，且不時伸手撥開隔擋我倆視線之間的髮絲。有時感到累贅，有時覺得很有情調，小動作足以道盡我們的關係，順髮即體貼。

長不完的髮，走不完的路，亂不完的日子，纏結不清多少故事。

我們都很知道自己的臉。我們知道怎樣表現自己。

我越來越獨立。在異國，不需要再在手腕上筆記，再不用第一點如何第二點怎樣，單字越用越簡單，形容詞變名詞，只要能確實的傳達，便有一頭好看的髮，我要我的日子就像這樣。越能描述，越知道它要什麼樣子，便越能掌控。

我的髮在異國的雨夜欣欣向榮。

但我的戀情卻越來越不順利。

戀人總是說，你不適合這樣的髮型，他說，瀏海讓你顯得不精神。該是把臉露出來的時候。

我不適合嘛？那時我不看我自己，我只是凝視著他的臉，這是我愛的人，這是張能挑起我慾望的臉。多性感，但望久了，看得清，心底也了然，我多麼愛他啊，但如果要我變成他的臉，頂他的髮，我是絕對不要的。

他留的龐畢度頭正是年齡的分際，髮際線上夠亂了，但不夠垂散，少了一點朦朧的可能。分得這麼清楚，一是一，二是二，做什麼表情，說什麼話，有了決定，就不能反悔了。

那也許就是所謂大人了吧。

他是我慾望的模樣，但我有我自己想變成的模樣。誰都知道做自己很重要，但在那刻，我忽然明白，自己想要成為的模樣，跟自己喜歡的模樣，是不一樣的。

我們就是會愛上跟自己完全相反的東西。

所以才想要離開。所以才試圖抵達。所以才有一個地方叫做故鄉，有一個地方名為遠方。

固然我們是我們自己的異國。但我們又是自己的祖國。努力壯大，毫不留情嫌棄。想捍衛，又拍拍屁股就離開。有時眷戀，有時頭也不回。

頭也不回的，但畢竟兜頭滿髮，難捨難分。

有一天我要去參加國宴，那時我住在有四百年歷史的古蹟Binondo教堂旁。中國城，泥巴地，馬車轆轆踏痕與汽車輪胎痕交錯，水泥牆垛上有未乾的尿漬，沿地散落猶熱的馬糞，大約是巷子太窄，交錯得太密，逼得那些氣味跟歷史的遊魂一起被困在這裡，聞起來很生猛，那麼古老的地方卻讓人感到一種鮮。

國宴有嚴格穿著規定，不，也許沒有，但我對自己有。我穿皮箱裡僅有的所以也是最好的西裝。我走過泥巴，我行過荊棘，我走得氣勢如虹，我西裝的硬襯有一搭沒一搭拱著我的腰腹，我的額頭光潔如新，我的頭髮既強韌又柔軟，在我洶湧往前走時往上服貼，在我停下時絲絲綹綹垂下。我手指撫過百年以前的古教堂牆壁，我走過馬糞和垃圾堆。我穿過地上蜷臥的遊民，我剛和誰分開，剛抓好頭髮，剛哭過，剛經歷分離，口袋裡的手帕還沾著眼淚，頸子散發著香，我走在隨時會陷進去的泥濘之上，那些足夠攔下我的，將來還多著呢。可我都不管，我正走在奔赴的路上。

那時，我真的覺得，我是整座中國城，不，我是整個Binondo區裡最好看的少年。

真有那麼一刻，我以為我就要出發去嫁給我自己。

這裡到那裡，這個我，那個我，想成為的，想愛著的，我知道，哪個都不是自己。但在那之間，那也許就是我最好的模樣。

在異國逛百貨公司才是正經事

——正裝搭配——

不買也看看。從架上拿起來是出於慾望，更多時候只是不經意，拿了也就是拿了，放回去往往需要加倍勇氣。開架式的商品若不是一種民主的發明——誰都可以拿——那至少代表，尊嚴。沒人評斷你了，標籤上價格多重，也只是輕輕拿起，自己拿就是一種自主，更多自尊。這樣說來，架子都設成開放了，為什麼還要放個推銷員在櫃位前呢？他們像是開架商品的制式配件，在那裡，總在那裡，殷殷的眼神，這一句那一句，「你穿那件V字領的更好看，這一季最流行。」「那件M號的剩下灰色和綠色兩款，都是日本帶回來的，很搭你的髮型。」忽然之間，你多適合，倒好像不是你在挑它而是它在等你，所以「我不要了」這句話多艱難，到嘴邊就變成「我再考慮看看」，有時以為善意的說「我繞一圈再回來」，怕自己拒絕是讓推銷的臉上掛不住，其實不好意思的多半是自己——「不會再回來了」，那樣的預感，上一次是在旅館門口揮手告別時浮現，隨對方領口散發沐浴乳味道多不帶情慾好清爽，原來如此，不是怕彼此髒，而是，太乾淨，以後再沒有掛鉤了——那種離開近乎逃，放是放回去了，自己卻被彈射出去，一種偏離，之後繞過那一櫃還會刻意避開呢，烏龜都還有殼，我們那樣赤裸裸的，眼神觸著都痛，有些時候明明沒犯錯，卻為什麼覺得沒有地方藏自己。

放回去的時候我最赤裸。拒絕的時候我最善良。人就是這點賤，難怪要偷情了。世界上所有的偷情都很善良，善良在，他們不懂拒絕。

所以世界上最難的事情不是舉起來，雖然電視台八十號頻道後深夜男性商品廣告都會這樣告訴你，但我想，最難的是放回去。

我喜歡逛街，可我只敢進去那些店員也正忙活的商店，最好他正招呼別人，縮頭在櫃檯後吃個便當也行，越不搭理越是好。我在人群裡只想當個不偷的賊，想讓逛街像隱身。但願在很擠裡很空，站在展示的前台，卻希望別人視我如布景，說實在，那份暴露在公眾的慾望，不是想熱鬧或怕寂寞，有時候僅僅是，把自己藏起來。

把自己藏起來，可是這一生，我又都在練習放回去。畢竟什麼都可以避，怕極了店員，我還可以選擇線上購物，卻只有人際關係裡眉角與框架不分虛擬還現實二十四小時真格抵在眉眼前。別說我們沒有太多選擇，有時候我覺得，只是我們太不會選擇。擺起再大架子，遇到誰，輕易就軟了，心底隨時有潮汐洶湧，很容易點頭，輕易說好。說到底，我希望所有人都喜歡我。誰不希望如此呢？那是放回去的相反，我希望誰都會想把我拿起來。我經常超過自己能接受的限度去做別人希望我做的事情，嘴巴上說沒關係，其實牙齒尖緊緊抵在一起，心裡有一種無法穿透的痛。說好了做也去做了，卻始終抱持著一種「我是為了你在付出」的委屈，每一次得意的炫耀，「你看看是誰又拉了你一把」、「沒什麼啦，兩三下就做完了！」，輕描淡寫裡都是血痕，越是不經意，其實很在意，最驕傲，最卑微。但誰又知道呢。知道也不在乎。總是愛得不對等，付出得不等值。那是一個負利循環，不會有回收的。和誰的感情都是這樣一個架子，拿起來，放回去了。只是移位了。有些東西再也摺不回去了。

真希望誰都喜歡我。但會不會，我真正在乎的是，你們為什麼不喜歡我？那就是強迫推銷的開始。如果「我希望所有人都喜歡我」是一種祈求，「你們為什麼不能喜歡我」就是一種憤怒了，但祈求是一種兌換券，以為點數積滿可以換什麼，其實背後總是廣告大於實質，期待多於獲得，而憤怒倒是買一送一，逼問「你們為什麼不能喜歡我」不會是問題，只會導致更多類近的答案，我現在可以描述什麼是重量了，那僅僅是一種疊加。

我是在去馬尼拉後才真正體會逛百貨公司的樂趣。馬尼拉多熱，人們把自己穿得像是熱帶植物，碩大的水果圖案，變形蟲、繁複樹葉紋路，還有蒼蠅複眼似交錯的多種色澤過度，顏色與花樣隨著上升的氣溫與緯度一起解放。這樣的時尚很繽紛，誰都在放大自己，也就沒有了自己。那時才發現，原來我需要未必是古墓一樣空無人煙的商店，也能像一片葉子隱藏在一座叢林中，何況是這樣亂眼撩人目的熱帶叢林。初始只是怯生生的探頭進入，卻發現根本沒人把我當一回事兒，久了，頭可以抬了，腳步放慢了，也越來越敢觸摸，還是不知道店員說什麼，但不知道他說什麼正好，也就不用羞於回應了。那一刻，我是有實體的幽靈正漫遊，多自在，這才確確實實感受到存在。我忽然發現自己有點敢了，敢有點自己。

在異國逛百貨公司才是正經事兒。那是我第一次嘗到逛街的快感。我穿了半生的網路購物，雖然沒有實體櫃，但我早為自己的身體標示商品碼和櫃號。我從來不知道，原來自己的身體可以不用螢幕選單裡S、M、L、XL來估量。我有S號的腰身，但肩膀較制式尺寸寬，那造成購買成衣的兩難，M號的肩線明顯更適合我，但多出來的腰身卻空得多，好像可以多塞進幾根手指。但這空，又很滿，正是那個空讓過去的我介於S和M號之間，介於他人認可和自我認知之間，這一懸空，就是半輩子，那份偏差，其最大值正是「你們為什麼不能喜歡我？」這樣說來，是否也正是那份空，才形成這個不同於別人的我？

我有自己的模樣，但我不會說「要愛自己的模樣」這種話，事實是，在異國逛百貨公司告訴我的正是，活在這個成衣的時代，一定都有其訂製的size，世界的形狀已經固定了，經歷的事情越多，長越大，越能夠理解，沒有所謂真正的合身啊，你非得把自己套進去不可，但就算M號多切齊你肩線，那腰身多出來涼涼的中空會貼身提醒你，你早已經被世界提起來，光是存在，就像是掛在衣架上被晾著。

開始會逛百貨公司是個好的開始，那意味，你必須注意別人怎麼穿。學費是要繳的，冤枉路都會多走的，所以size對了但尺寸不合總是太寬鬆怎麼辦呢？喔，在台灣我可以拿去改，在異國呢，遲早有一天我會發現這世界上有一種潮流style叫做oversize風格，肩線落肩膀，衫襬拉長，在視覺上減重，在體積上蓬鬆，但那不是要人故意穿得不合身，oversize自有他的平衡法則，上半身鬆了偏要搭窄褲，長衫搭短襯，又可以做出層次，能在材質上做出變化，寬版衫太軟，絲棉膨揚，偏要在下半身硬挺，來一件卡其朗朗的走出來。oversize是一種放，但穿得好看的關鍵在於怎麼收。

不搭也可以是一種搭。歪了還可以正。不足與有餘，加與減，我是從那個制式尺寸的空裡，第一次明白，如何讓自己實在起來。

尺寸依然不合。世界還是不可能貼身。你依然不會喜歡我的吧。明天的天氣還是陰的，命運仍然光臨，oversize 有一天也會換季過了期。可是啊可是，異國還有各式各樣的百貨公司呢。還有各式各樣的穿搭方法呢。

折扣只會更多。立身在更衣室拉起綢幕後，下一套該試什麼呢？我還在摸索怎麼穿，可我現在越能把世界放回去了。我知道怎麼讓一切歸位。透過把自己舉起來。

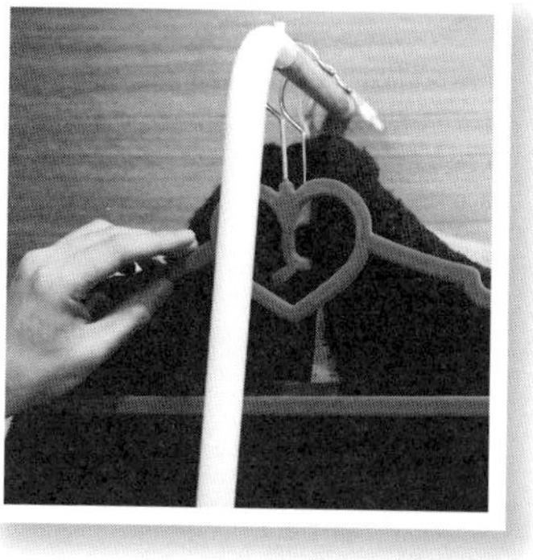

巨嬰時代

1. 轉機掰

暮色像機翼那樣平貼並掠近。天一下就暗下了。那時候機場像是金屬的夢，鳥巢造型，近代史是膨脹的，具體的想像是鋼骨經過精密計算後彼此承擔以卸除重力，看起來輕盈，其實負載了全部的重量，整個文明都在這裡輻輳交錯。奇怪它蓋這麼大，卻必須遠遠的看才行。這是每一個人對時代都有的問題：為什麼我們這麼靠近，卻看不見全貌？

時代把我們推到那麼前面，我們一直往前走，只是為了讓自己飛起來，飛起來，也只是飛起來而已，那時候地表和大氣層都遠了，一樣的小，升起或落下，其實並沒有差別。

廣播聲音嗡嗡，聲音在巨大的空間穿插，空氣飄散著清潔劑的氣味，清潔劑是什麼味道？也許什麼味道都不是，它消除所有味道，但消除也是一種味道。無味之味。如果我們把自己的氣味抹消，就算不存在了嗎？如果這樣來看，機場是地表上真正乾淨的。因為它是一種真正的拔除，雖然占地這麼大，承載這麼重，這個場所是為了離開設計的。

我熱愛轉機，哪裡都不能去，出不去，但那也沒關係。不需要對別人說Bye，所以也不會有別離，事實上機場裡頭所發生很多事情並不是別離，僅僅只能說是中斷，但那「若有事正生」、「中途離開」的場景讓我著迷不已。候機室躺椅上掀開的毛毯，似乎留有餘熱。金屬長桌上打開包裝的洋芋片，炸得酥脆的表面上有規律凹摺方便讓彼此鬆鬆的依靠著，那中間的空隙讓整體看起來很好吃，不知道它們會不會因為機場過分乾燥的空調而較晚變得鬆軟？或是一條鬆鬆垂下的公用電話聽筒，還沒靠近，耳邊已經響起清楚的嘟嘟聲。櫃檯上一條摺線凌亂的手帕、一支才打開的水性筆、一張半攤開的地圖，以及還歪邀歪邀因為乍回彈猶有餘聲的彈簧椅。還有地上一枚左腳腳印，很清晰，卻沒有右腳的，就這樣孤零零，彷彿是箭頭卻不知道指向何方……諸如此，在這樣快速流動背景音被車輪轉動聲響覆蓋的空間裡，遂呈現一種靜物畫的結構，一切像是隨意，只是散亂著，但其實構圖裡有一種緊張，它製造出一種張力——一切好像剛剛才發生過——只是中斷了，卻不到結束。被取消，但不致於鬆懈。

總是有什麼已經發生了。

我就喜歡待在機場。逗留得短，意味深遠，幾乎等同此後旅行的長。不，它也許就是旅行本身——那其中的期待、盤旋與遲滯，一種在地表的停留，具體呈現卻是轉速快的行李車和轉盤輪帶，以及蟻道般走廊上調速過的腳步，用高跟鞋踢踏出清晰的期待，擁抱以及許諾，將要來的分別以及重逢——讓接下來的旅行不過是實踐，或者是失落。

2. 只存在開頭的故事

與轉機時「似乎事情已經發生」的場景相比，我偏愛開頭很漂亮的故事。我這一生的努力，我所受的書寫訓練，都在創造一種「開場時充滿可能性」的故事。

諸如小說家發現真實世界裡案件依據他小說裡虛構情節發展，而一份神祕的專欄邀約正遞到他面前……

諸如少年在醫院在咖啡館邊講黃色故事一邊抱怨他暗戀對象，其實心裡暗潮起伏希望更親近學弟，這時候學弟也講起了自己的故事，橫疊的身體和故事慢慢往同一點聚焦……

又如千金小姐醉後醒過來發現自己有了，卻不知道孩子的爸爸是昨晚來開party那幾個好朋友中爛醉如泥的誰？這是八〇年代的港片情節，但若把女生換成男生，就成了好萊塢電影裡一群死黨人渣男爛醉後醒過來，卻發現自己的左手不見了，身邊多了一袋毒品……

密室裡用粉筆圈起來空空的人形。吧檯上留下紅色唇印的細腳玻璃杯。

一切讓人浮想聯翩，所謂「先天上發展良好」的故事。

我看過好看的小說多半屬於此類，事實是，這樣的小說不需要擔心被現實趕上，也不必擔心現實比較離奇，它最大限度涵括了現實，吸收並包覆了現實種種，卻不必然被現實所收束。它是光暈，但其實是氣韻，在還沒出現實體之前，已經讓人想像形狀，但又不需要真正把形狀畫出來。正因為我們已經太熟悉輪廓，小說不需要做我們已經知道的事情，它不用重複，而是為了開啟，拉出線頭，描摹線條，剩下的一切，要落實，或落空，就讓讀者自己填充，或啟動。

如果這是人生，我們稱此為「格局」。

在掌紋間，在血型，有人交給天，有人算命。命盤看三方四正，講方位，論落陷。十二宮，四柱八字，「在土星光環下」，擲骰子般穹窿這個大碗公中鏗鏘撞擊四散旁列的星星，忽然壓實在同一平面上成為夜空遠遠近近的光點，兩點構成一個連結，於是滿天交錯都是命運的橫斜線，所有孤立的存在變得隱隱相關，我們昂頭是為了去屈服，解讀是為了被說服。

也許這就是我們熱愛故事的原因。我們想要說故事，是因為我們想掌握命運。

不一定要成為小說家，但我覺得我們這一生都在訓練，上一代予我們餽贈，父母費心計較所投資所掛慮，何嘗不是給孩子一個先天良好的格局，我們的出生，那顫巍巍被推動被引誘跨出的每一步，都是為了成為一個「開頭充滿可能性的故事」。

3. 機場的故事，故事的機場

現在我倒明白，它們是一樣的東西。無論「中途離開」、「若有事正生」的轉機劇場，或是在腦中構思一則開頭充滿可能性的故事。

機場裡天啟光源的靜物畫擺置不是讓人追想結局，畢竟結局已經發生，或落空，我們都知道，結局總是關於起飛，要不出境不然入境。轉機劇場是沒有死者的偵探學，需要溯源的只有開始。

而開始便充滿可能性的故事，最好看的，其實也就只是那個開頭，像是水壩洩洪，一萬種可能洶湧欲出，可一旦你看出它的套路，或隨著線索慢慢露出，當情節逐一緊縮，走勢聚焦，「原來小說裡沒有怪物，只是有人借用傳說殺人」、「原來敘述者就是鬼只是他們都不知道自己死了」，當你隱隱猜測到走向，那時候剩下來的樂趣只剩下證實，等待情節依照提示延伸成跑道旁兩排落地燈好順勢降落。

於是，中途離場的靜物畫劇場與「開頭充滿可能性」的故事就在那個充滿填充可能性的空白待機大廳裡接頭了，一個從開始便醞釀，一個由中段追想此前，它們予我一張張充滿想像力的機票，前者糊了起源地，後者尚未打印上目的地，就是這樣的不全，反而讓人的想像得以完全。不知道打哪來，還不知要去哪，於是整顆星球都是我們的腹地。

我越來越常在機場裡想到這件事情。這時代講究「故事力」，多小的品牌都堅持要有自己的故事，賣茶飲的小攤也要搬出供應原料的老農夫婦如何呵護每根茶苗如自家幼嬰當誘因，火鍋店老闆到異國尋訪料理方法偶遇神祕老婆婆，總統候選人走個路都遇到阿嬤要他出來選……這些都是故事，故事改變了人生，故事推動購買，故事讓你眉兒挑，要你眼淚掉，讓你收到跟著掏出錢包，並在看到帳單時嘰嘰叫，科學家則提出證據：「神經學告訴我們，人類的腦對故事有本能反應，會因此產生愉悅感並把注意力擺在故事上，」說到底，人就是故事的動物，而知道這點並不曾改變什麼，只是讓我們持續製造故事，並試圖用故事說服自己，這不是故事。

我在機場想著，我們如此熱愛旅行，是否因為，旅行容易被我們處理成一則簡化的故事？故事如果空間化了，按照亞里斯多德的描述所謂故事：「要有開頭、中段與結尾，」也就是一趟旅行——出發，經歷，回來——那是故事的行進路線。而旅行是更安全的故事，尤其是在現代，更少的金額，更方便的資訊取得，相較於過往所挹注的預算，旅行變得容易了，更便宜了，甚至有點廉價，那廉價不只是金額上，有時包括感覺，當然，那其中絕對會有冒險，有點危險，時不時刺激你神經，讓你曾在異國枕頭上徹夜輾轉，緊繃的神經和窗外乍亮的清晨一起鬆開，或手心冒汗，心跳為之快了幾拍，但很多時候，那不過就是因為飛機著陸時顛簸或者送餐慢一點，可我們照樣把它說得災難一般，說到底，你始終能回來。

我們需要旅行，最重要的是，我們需要自己的故事。而旅行是在不可測的命運裡，少數我們能全局掌握又能允許變數的延伸情節，它容易完成，而且越來越容易，在我們長期因為手機或網路而失去自由，慣吃便利商店或微波食物而不太健康，從不曾看過星星或猩猩乃因我們打小生在城市，且渴望一種遼闊以之為大自然，旅行短暫讓我們以為收復了那一切，並以為是擁有。

我需要旅行。我真正想要的，也許只是一個充滿可能性的開頭。

我希望讓人喜歡。我想讓所有人都有所期待。我想滿足大家。我最大限度準備，我要一個富於期待的開頭，眾弦俱寂，二管雙簧，三把小號，長笛短笛各一，鑼鈸扶正待響，指揮的手勢正於虛空拈起，又一架飛機從巴爾的摩機場通知塔台要起飛，一個樂團的編制已待命，絨簾將揭，樂聲待響，一個故事要被說出，一個時代隆重將開場。

機場哪裡都可以去。但我只愛轉機，只是想要去機場啊。可若我把過程當成目的，那是因為我的目的本來就是過程，那我是不是哪裡都不能去了？

會不會，我其實，已經走到了故事的尾聲？

4. 旅行（並不能）教我的事情

我在桃園機場。
我在馬尼拉機場。
我在卡蒂克蘭機場。

如果把這靜物靜止的一刻無限拉大——為什麼我們這麼靠近，卻看不見全貌？——為什麼我在這裡？現在我可以說了。

也許是因為，開頭再怎麼樣充滿可能性的故事，也不可能永遠都停留在開頭。

我就要三十歲了。我還停在大學裡。同學都念碩士了，我還在念學士，他念博士，我開始讀碩士，他念第二個碩士，我還在念碩士。

也許我可以一直念下去。

大學是人生的轉運站。從中學到高中一整條以成績為標線於同儕之間拚你前我後的漫長跑道上，終點線上標示「到大學你就輕鬆了」。那同時是成人的指標，意謂你脫離家裡，意謂你到遠方，意謂你十七以後是十八了，可以考駕照，有身分證，是個公民。你第一次參加選舉，蹩腳膽小的第一次買菸買酒，第一次明目張膽的放蕩。第一次可以一個人住，很多解放，很多嘗試，很多時候只是一個人在夜裡疾走，看招牌明滅，誰家的衣服掛在圍牆細繩上沒有收回去，袖子招了又招，也就是走過去跟它give me five說聲嗨，彼此都是空的，卻有一種暢快，什麼都不做，很放鬆，很自由，覺得以後什麼都可以。

那就是一則「開頭充滿可能性」的故事不是嘛？

大學是個轉運站。它是成長小說裡轉了好幾班交通工具後，豪氣的說「司機不用找了」可以把一切都捨下，以為下一步就離境從此海闊天空的大型機場。它總是充滿了可能性。

那再來呢？

那就是我在這裡的原因。我知道，男生的義務是要當兵。既然要當兵，我想，何不當替代役呢？而既然都當替代役了，我又想，何不出國當呢？像是一次國家所賦予義務性的旅行。所以我一直拖，拖到役期縮短，拖到役別開放，怎麼走早盤算好了，我為自己留退路。我害怕吃苦。與其說，想去哪裡，不如說，只是不想要去哪裡。那是轉運的另一種形式，排除不想要的，剩下的，就是我要去的地方，只好是我要去的地方。

這真的是一種前往嘛？或者，那其實是一種逃避。

這樣的前進，會否是一種後退？

旅行某一種形式上和宗教相似。壁畫還是經籍故事裡，唐三藏去了西方，但丁深入地府，他們在大地上漫遊，走不夠，猶要上天下地探其縱深，他們的旅行就是他們的人生故事，這就是我們所愛聽那些關於旅行的故事了。可是在今天，旅行並沒有教會我更多事情。我要出發了，但那不是因為我必須前去，旅行之於我只是一種逃逸，這是一條逃逸路線。

人生多的是這樣的時候。

當我把「不出醜」放在第一位，並暗暗為「你看他就是這樣做才被人笑吧」而鬆口氣的時候。

當我每次告訴自己「下一次吧」而輕易放過自己的時候。

當我說「已經夠努力了」或「有盡心了」代替「並不夠好」的時候。

當我說我在準備。而我永遠都在準備時。

當我轉身。當我視而不見。當我瀟灑站起來拍了拍屁股，覺得那不是我的戰場的時候。

當我只是想當「我們」，和別人一樣就好了。說一樣的話，點相同文章的讚，為同一種理念認同。很熟稔的使用當季流行語或引述話題卻不明白其背後脈絡時……

飛機正要起飛，廣播聲在走廊在大廳響起，埋在書裡的臉微微側首聆聽，一切都被中斷了，這曾是我最喜歡的一刻。而此刻的我正在走廊上狂奔，真的趕得上嗎？

就算趕上了，那再來呢？一切都不會有改變的吧。也不過是從這裡，到哪裡。我在無限延展著那個可能性。卻不知道，越來越沒有可能了。

如果連世界都變成一個機場，那我能去的地方是哪裡呢？

也許我是被愛與縱容養大的巨嬰。是這個年代「只有開頭的故事」，頭這麼大，滿載著祝福與希望，卻有太短的手與腳，還沒被地心引力拉倒，先讓自己過重的頭顱拖累。

反正還有以後嘛！

可現在我已經知道結局了。

我在桃園機場。

我依然在桃園機場。

「飛機登機門就要關閉，請乘客盡速前往……」廣播聲音持續在大廳裡迴盪，我讓自己絆倒了兩次又強自站起來，那麼多交錯的走道，那些無限漫長的走廊，而我只是需要一次轉機而已啊！頭頂著巨大的遼闊的天幕，我摀著嘴，像是濕漉漉的雛雞對著堅硬蛋殼嗚嗚發出一聲聲微弱的尖鳴。

鬼島

夏天已經窮途末路。

八月九月都過去了，長灘島上賣雨衣的孩子嘴裡只有乾季雨季分。日頭早幾小時前已經落，溫度仍居高不下，K先我一步回房間，然後是R。一開始我們都不想來，後來倒都悠悠待著，也不是不想走，只是不急唄。點一杯飲料，半張躺椅，在沙灘上放涼自己，張開眼再醒來，又是一個下午。人字拖裡白沙細細粒粒，日子無邊無際，但小小的事情也是會逐漸充滿心頭的，沙灘依然走不到尾，我告訴自己，又告訴自己一次，這次，真的應該回去了。

他們倒先一步趕上我。地上黑影綽綽，進行曲管樂聲響叮叮噹噹，人群已經靠過來。要更近一些，再靠近一點，才會察覺彼此距離這麼遠，差不多隔一座海，還是一個人世，那又哪裡是人呢，其實是鬼來著。

有百鬼正在熱天的沙灘上夜行。

海是硬的，因為天太黑，近看也是塊狀。火把是暗的，會生煙，越是亮就更霧茫茫。而恐怖是講遠近的，太遠了，徒具其形，就有那麼真，佛朗明哥女郎跳舞時骸骨節理比響板要分明，西班牙領主正不住搖晃自己垂掛的眼，沙灘上影子把一切拉得長長的，幽靈都是輕的，有腳也像在沙上飄。原來在那麼熱的地方，往事並不如煙，鬼不是氣態的，比較像是汗蒸出後的皮膚，驀地一陣涼颯颯的。

但恐怖也只有那麼一瞬。島上一切都作不得真。那是度假的心態，誰不在島上這麼想？誰不這麼想才來到這裡。要到真的錯身，才會發覺，欸，都是自己嚇自己，是因為萬聖節嘛？還是亡靈節？前者是撒克遜人傳統，後者有濃濃墨西哥遺風，菲律賓歷史太複雜，人們來來去去，日夜沖刷的沙灘線都比時間軸穩固。這樣看來，半個島上的店家都加入遊行了吧，夏天太熱，能穿的衣服太少，連幽靈都很克難，這麼近看，保麗龍裁出的眼球、棉絮塞出的破肚子，太黑的眼圈，太白的臉，一路歪歪斜斜走來，歪頭還有長短腳的來扶，拖泥帶水，倒比較像壞掉的玩具，或是生產線上被淘汰的廢棄洋娃娃。我想要笑，但他們無比認真，樂聲越近越大，鬼樂手們正嗚嗚吹響他們的號角，雷鬼頭髮捲捲，止不住的棕櫚葉搖，進行曲是盛大的，他們的臉則好肅穆，用錢幣用鈕釦裝飾的臉上銀光熠熠，在越來越盛大的樂聲中踢正步，手揮擺，頸上的啾啾都挺著，堂堂正正的悽悽慘慘，破爛得好認真。

有誰在這時敲了三角鐵，金屬錚錚響，月亮便破開了雲，那麼亮，照得人好像已經沒有地方好去了。眼前一切都這麼假，太假了，假得那麼真。真的有鬼，也就該是這樣，畢竟我們把人當得那麼好，鬼總做不好了吧。反過來說，人世都混得太糟糕，活該到陰間也就沒長進。鬼如果不這麼不像鬼，也就不是鬼了。

鬼走在海岸線上，這裡的經緯太靠近赤道，但我們又真的知道自己在哪嘛？

那是我們人生的漂流之年，一夥人成捆打包被送來菲律賓。K跟我走最近，在天主教學校教中學，他中文系出身，倒適合地理系，不需要地圖卻能到處去，短身長腿，把城市街道走成行草。第一個拉我們搭吉普尼的也是他，他最愛在夜裡搭，整車就他一個，窗子不罩玻璃讓風阻切的人嘴歪臉皮鬆。以為他愛夜遊，後來他自己招認，是開發了馬尼拉男男三溫暖之旅，夜裡限定行程，他說來這半年也值了，在馬尼拉碰過的男人恐怕要比他一輩子都多。於是他在夜裡當高速行進的幽靈，日間昏軟軟，白著臉在教堂與教室之間晃，不知道哪時更像鬼。

還有R，來的第一個月就自己跑去動物園。這一去，白天去到夜，很晚的時候來按我的門鈴，打開門，光一雙腳，叫會應，給水就喝，問他發生什麼，就是不說，悶頭一覺到隔天，又出去走。好幾天過去，斷斷續續拼湊他說的，才知道，那一天，他碰到好美麗的女孩，說要帶他去看眼鏡猴，去哪看呢？女孩說，來我家先等吧，等多久呢？女孩說，等到我妹妹下班吧。妹妹人呢？門一打開，好美麗的女子帶笑靠攏過來，說你看起來好累，要不要幫你按摩一下，他說得不清不楚，但我們都知道裡頭有那種意思，濕濕的霧，潮濕的眼睛，他說他喝下女子端出來的水，再醒過來，發現自己已經站在空空的大街上，哪有什麼眼鏡猴呢？連手機錢包都不見了。還以為遇到鬼。我們說，人比鬼恐怖，但之後他像丟了魂，變了個人。每天回去走，想找什麼，我們倒只想找回原來的他。

回去以後，就要當個正正當當的人了。還是來探我班的U說得好。所以他昨晚在海邊聖母像旁約了人，聖母見證下，聽說後來加入第三個。也看不清膚色，身後幾個人開始坐立不安，以為他們生氣了，其中一個小小聲說，那個應該不是我吧，是就尷尬了。我們都是處女懷胎。在這裡，另一個國，生下一個新的自己。反正最後回去就像

新生，讓舊的死，不如現在快樂的活，活得限時，活得多不像現實。

日與夜。千島之國。麥克阿瑟在這裡跳島。小日子。生活裡的小小插曲。生活是大陸，現在的我們在島上。跳過去，就過去了。

我必須要記住我自己。我寫信給遠在島嶼上的朋友說，要記住自己，因為這裡沒有人認識我，就算認識了，我也便要離開了。也因為太輕易走，所以我們容許自己可以不像自己。在這裡我們可以成為別人。可以變成我們不想要變成的，例如鬼。誰心裡的暗都可以出來晃，很狠，很狂放，反正回去之後，鬼也成為白日的夢，外套上下一紮方便打包，拎起也就丟掉，過去是垃圾，被我們輕易棄置在異國的海邊，機場出來，又還原一個乾乾淨淨的自己。

但這樣是不對的啊。我說。不要變成鬼了。我們應該努力維持人的形貌，不要踰矩，不要傷害別人。不要變成不想變成的自己。聲音說得那麼斬釘截鐵。自己都信了，幾乎。到隔天，對別人動心，有一點放縱。幾百個念頭心裡猛打轉。

樂聲還在響，沙灘上，我好像看到R，看到K，還有很多很多人。大家都來了嘛？有那麼一刻，忽然覺得，不是鬼魂們正穿越我，是我在等他們。沒妝呢，不打緊，就算不用原子筆在臉頰畫出眼淚，僅僅用雙手壓著胸，怎樣也壓不住，彈簧竄出膛來掛著那一顆怦怦跳的心。那時，真的，好想就近挽起誰冰涼涼的手，跟他們說，欸，你看看我，其實啊，在更早以前，這裡，和這裡，已經變成這樣囉。

如果這樣跟著走。

如果這樣一起走下去的話……

有誰在這時喊住我，回過頭去，朋友一雙灼灼的眼，嘴裡噴出熱氣喊：「酒吧裡有個死阿兜仔泡了菲律賓人的馬子，現在整個大暴動喔，賓仔半個海邊追著人打咧。」

地平線另一端，煙塵正漫天，隱隱有人聲喧譁，火光明明滅滅，半空都是焦煙味，最是人間的氣味。而那一頭，幽幽涼涼，通往鬼界的隊伍還沒走遠。該往哪一邊去呢？像足以決定此後所有的未來，但終究只是一瞬。我已經反射性俯下身來，撿起一根浮木，沉沉打著掌心，再對空揮著幾下也就稱手了。

這麼刺激的事情怎麼不找我！我對著朋友喊道。這下還有得玩喔，跟著轉身走向沙灘那一端。

將就一點吧！還有一絲餘熱，夏天應該可以繼續下去。

大人的行李箱

不是飯店房間太小，是行李箱太大。出發前生活物件被妥善收納，瓶罐頭對著尾，鞋盒空隙塞襪子，空間密密合合，一根頭髮都插不進去，如今隨著房門打開（進門前要先敲，迷信的科學）被還原，行李箱解壓縮，拉鍊一滑開，生活沿小房間四面八方鋪展開來，沐浴用品怎麼擺，衣服該吊起嘛？藥盒找不到床頭桌，鞋子等待一個架子，床上攤平待充電有手機相機筆電與行動電源，插頭都是千頭萬緒，撿不斷理還亂，插座都百孔千穿，自己都不夠了真怕別人還要來塞。於是總覺得房間有點亂，亂不是沒處放，有時只是不知道東西該確實的放在哪裡。所以空的地方還是空，但亂是一種密度的累加，化妝台上東西都在堆高，窗邊躺椅上疊起的衣服在加厚，這也就解釋了為何我們都在同一個地方跌跤，宿命往往只是無可奈何。這時有一種自暴自棄，不想收了，反正明天通通掃進行李箱就結了，那真的就是旅行的心態了，旅行始終處在一種浮，一種不能歸位的狀態，什麼都在拖延，連帶讓終點都遠了，分明都放下了，卻又有點膠著，心底有點小疙瘩，壓在窗櫓的雲一直沒散，眉頭需要舒展，捲起的西裝外套始終沒有熨平。

旅行真矛盾，它是生活的一次出軌，我們卻偏偏愛為旅行計畫。反反覆覆，最多猜想，最困難實踐。出發前允許最小限度修正，實際到了只能最大限度容忍。我們想要放縱，偷一次歡，夢想南國的雲，雪原上冰的反光，夏天雞尾酒上的那把小傘，或是一片偷偷落下的櫻花，說一種新的語言，當一次不是自己的自己，像經歷一次搖晃，一種蠻荒，一場退化，好換來一回感受上的進步。說穿了，我們需要解放，我們對秩序痛惡。我們就想狠狠的叫，高高的跳，長長吐出短短慢慢的氣，對誰說小小聲但重重的話。

當旅行開始，秩序卻在用螢光筆畫滿的表格上顯現。很多事情不能稍有鬆懈，幾點幾分飛機，提前多久通關，接駁車有其定時，旅館幾點入住，下個路口晃多久該集合，那時誰心中都有一個站崗的警察，對自己苛刻，對旅伴挑剔，恨透了不合群，對待那些落單的像對落翅的：「你不能好好的跟我們一樣過一天嘛？」一臉精刮嫌惡分明是電視上自己最討厭惡婆婆還深宮嬤嬤的模樣。這一切戰戰兢兢，圖謀卻是一次鬆筋骨的極端舒展。飛機落地了，車門開了，OUTLET大門像是柵欄一樣拉起來了，那時是一種捨身，一種對文明教養的暫時放棄，總是一回神，被提袋壓沉的肩，亂髮披散額頭，面頰手心有多熱燙，感受到遊覽車上從座椅間隙毫不保留射來箭刃一樣的眼神就有多冷，瞬間有一點自己都不能解的羞愧，彷彿在一個很亮很亮的清晨從陌生人的床鋪醒過來。

但等回到旅館，對秩序的需求又回來了，客房服務鈴按得多果決，毛巾要軟要棉要鬆，床鋪如何一絲不苟，很嚴苛的評斷，帶著放大鏡看有沒有捲曲毛髮掉落那樣的精準，行李還在大廳等待運送，但此刻的小房間儼然就是一個大型行李箱，旅行是把自己塞進去，卻總希望自己能在過程中舒愜的攤開來。

有一天在機場輪盤上發現拉鍊炸開的行李箱，衣冠楚楚，以為是來自文明彼端的封包，如今攤放在迴轉壽司一般的捲帶上，露出來卻是脫線的內褲、二姨婆臨行前塞進去的保濟丸、為了減緩高跟靴子摩擦偷偷買來墊腳用的衛生棉條若干，眾目睽睽之下邊跟著輸送帶轉邊將一切往懷裡兜，保濟丸的氣味好濃好濃，恨的不是皮箱不夠厚，是忽然覺得自己生活很薄，被人看穿了底，遂有一種淒涼。

或有一天發現旅行箱超重了且驚疑到底帶了什麼，但翻出來都是各種藥品保養品整腸保健維他命A到E眼藥頭痛藥化妝水防曬乳BB霜CC霜雲南白藥軟便劑……

我們要求行李箱輕量，又冀求旅行重品質，精挑細選，掏了又掏，但行李箱裡原來不是生活的精裝版，檢視我們的行李箱，看見的不是自己的生活，往往是我們對生活的想像。想像日子裡可能會經歷的，可能需要，可能罹患，可能發生……醫藥沐浴，穿關配戴，一點隱疾，一些審美，幾種心機，萬般計較，明裡擺放是我們需要的，暗中顯現是我們以為要的，其實都是擺脫不掉的。以為是一場逃，天高地遠，其實始終貼壁靠著生活的裡。

我這一生都在打包。

日子把我裝起來。在異國的日子，言語不通，舟車不行，大雨把我圍困的時候，半路伸出大拇指也攔不到交通工具的時候，在那些行李拖住我們，我們拖著沉重自己的片刻，我會和朋友玩一個遊戲，我們彼此對望，規則很簡單，只有一條，「完全不做任何表情」，五官先有波動者輸。聽起來很容易，但實際相凝視不超過三秒，朋友總是一巴掌啪的直接掃過來，摸著辣辣疼著的臉頰，他理直氣壯的說，你又笑了。

我打開手機前鏡頭對著螢幕審視，改和自己對看，看久了，那人有點不像自己，遠了，陌生了，又覺得是自己了。這才發現，我不笑的時候，嘴角真的微微往上牽。彷彿手機內建程式，原廠貨才開機已經預設有個人正在看，從假想中他正投射而來的注視連結到自己的臉，就成了唇角揚起的弧度。未語先笑，想討好，不想得罪，就先把自己防備了，我把自己打包，我的唇角就是我人生的行李箱提把，多輕盈，不易為人察覺，可我提了一輩子。

不知道原本不笑的我是什麼模樣呢？那變成一種解體練習。哭不難，生氣哇哇叫也是輕易的，可要我不笑，想壓下挑起的唇角卻若舉千斤重，就算舉千斤重，雙頰肌肉顫啊顫，眼角逼出淚，那唇角依然是輕輕提起的。原來面無表情不是真的無表情，而當微笑成一種制式反應，還有什麼可以讓我快樂？

可那笑又多忽微，輕得很，卻不能輕忽。我這張臉偏是讓那唇角鎮住了。若不笑，多不安，面頰薄薄，心都像袒露了，一陣風，也就夠讓我吹走了。

我嘻嘻笑，我摸著熱辣辣可以清晰看到掌印的臉頰，一邊對朋友說你打得好。打得真好。竟還是噙著笑的。無可救藥。喔，藥還在一旁行李箱裡呢，什麼都有，總是在行李箱裡找不到想要的東西那刻才深刻感覺到，這就是旅行了。旅行少了藥，還在笑，人生只是無可救藥。

旅程中讀小說《天才雷普利》，雷普利在焦慮的時候最愛保養他的皮箱，小說這樣寫：「他向來十分寶貝他的行李箱，他喜歡擁有收藏，不必大量，而是挑幾樣永遠帶在身邊，有了收藏品，一個男人就有了尊嚴，這種尊嚴並非由外在的炫耀堆砌而成，而是由一種特質與珍惜這種特質的愛組合而成。收藏品讓他擁有存在的實感，也讓他享受自我存在感，就這麼簡單，這不是很值得嗎？世界上沒有多少人知道該怎麼生活，縱然他們有很多錢。享受自我，其實不用花大錢，需要只是某種程度的篤定。」寫得真好，「挑幾樣永遠帶在身邊」、「讓他擁有存在的實感，也讓他享受自我存在感」，這樣四處走，也就哪裡都是家了。所以雷普利是真懂得人生的，他只是不懂人。該有的，他都沒有，所以他想去有。但有了也就是有了，隨時可以放棄。他甚至可以任意變成另外一個人，這就是小說裡反覆書寫的情節所在：「假扮成另外一個人，」甚至連此刻的他也可以是自己行李箱中的一樣收藏，可那提著自己的這個自己，又是誰呢？

如果有一天，我只能提著一只行李箱，我行李箱中的配件應該是什麼呢？是什麼把我打包？

想著想著，亂著亂著。旅行結束了。一週就這樣過去了，還是覺得躁。並不感覺回來。行李箱還相依在門邊，東倒西歪，家像荒野，也是亂，但就是沒外頭那樣亂好玩一把的。

那麼躁，興許是覺得吵。話忽然都聽得懂了，巷子轉角那家商店前大聲公兀自放送，「買到賺到買到賺到」，像重複一百年，到底賺到什麼，我哀怨的看著後照鏡裡的自己，你看吧，這就是我的平常日子。

就是這段時間，才特別對聲音敏感。這時候的聲音是有形狀的，啼時尖，憋時圓，尖了就淒厲了，帶點恨，柔了不免覺軟，有時渾，有時只是混沌，有些聲音帶著沉，沉到底了，就覺得厚，會撞人的，有些聲音則過高了，破了音邊緣還呈鋸齒狀，多銳，讓人想避其鋒。在返國的這段時間，聲音變得鮮明，它是有重量有質地的，很多時候，那是吵，更多時候，是太滿了。

忍不住想掏掏耳朵，那時忽然明白，在國外的時候，不想聽，就不要聽。因為不理解，再多再鬧的聲音，也當它是不存在的，所謂背景音背景音，聲音也可以只是背景的一種，和遠遠的山，山上的霧嵐，嵐後的天空一樣，如果轉過頭不看，不見也就是不見了。

但正因為理解，當聲音有了熟悉的語言，出現了意義，便賦予指標。它直直戳進耳朵裡，其實是進入腦海裡，從咖啡館隔桌男女碎嘴爭吵午餐內容，但巷口誰家媽媽對菜販討價還價，一旁商店懸掛電視裡正有主播細細碎碎描述新一波國際局勢發展，那時候，什麼都理解了，才有一種感覺，啊，我真正回來了。我和這個世界接觸面擴張到最大，我和世界沒有隙縫，聲音裡什麼都告訴你。

有時甚至不是因為聽懂，而是因為你比懂更多。不懂，也聽得出情緒。不知所以，卻多了些預感。

髮廊裡抬起頭看到無聲的電視，裡頭人西裝筆挺對坐兩方，憑幾個手勢，搭配字幕，你知道攻防正烈，還沒聽論點，內心早有判斷，心血為之一沸。

午睡醒轉，從晴空下陽台欄杆的陰影外緣傳來叭噗叭噗聲。遠遠近近。忽然感到哀愁。

就是那時候，我知道自己回來了。回到熟悉的聲音裡，回到生活裡。

我在一個星期一的上午真的回來。離我回到這個國家來又隔了四天。

把自己裝進去，那時候，我才試著把行李箱打開來，竟然開始覺得放鬆，真悲哀，悲哀也是莫可奈何，近乎坦然了，在日子密密嚴嚴隔到密不透風且逐漸傾壓而來的陰影之間。

每當變換時

我認識一些人，我出生在其實很小的鎮上，那時我覺得那裡已經很大了。

我認識更多人，有時候相見了，有時候沒有。沒相見的時候，也就是這樣了。相見的時候，走很遠的路，好不容易牽上坡的腳踏車輪在夕陽下兀自空轉，什麼話都沒說，也覺得夠了，覺得累了。我喘著氣感嘆的說，這裡真大呀。

那時候我還學不會怎麼丈量。我知道有一個地方叫台北，而這裡是島嶼中部的小鎮。台北有多遠？對方說，火車要搭兩小時喔。喔，我回答，那真遠。

後來我去了更遙遠的地方，我說我正待在downtown。離我最近的朋友說，自己住在Richmond hill。我不懂那意思。然後對方說，開車要三小時。喔，我回答，可你已經是離我最近的朋友了。那份近竟比以前覺得遠的還要遠。這時才覺得世界原來是這樣大。

而我現在是真的大了。

倒是越來越常想起少年時候的自己。微微的風吹，一件白色長T恤掛屁股上，還有暮色下的水泥街延伸到天邊。真的很想去遙遠的地方呢。我說，日頭先我一步下山了，小鎮為了省錢連路燈都不開，空氣像黑色的潮水，香氣微微淡淡，那時真有一種感覺，好像窮盡一生，都走不完這條街。

有一天，在遠方國度的街角駐足，看到前頭少年套一件短T，單薄的像從我穿的那時不停洗到現在，多輕，怕它飄走，已經無法挽留，忽然明白，什麼都已經過頭了。

在路上，我遇見太多人，經歷一些事情，去過一些地方。少數可以稱得上感想的事情是，城市的新鮮感和熟悉度總是成反比。

剛來到新的城市時，我恨死自己不熟悉這座城。耗用掉很多，無論時間或精力。走相反的路，頂太大的陽光。看不懂地圖。不會點菜。遇到誰都是陌生人。

後來我發現，那其實是城市最好的時候，當然不是初來乍到感到全然的排斥。我說的美好，是每當變換時。那時候，霧一點點的變淡，遠方教堂慢慢露出尖頂十字，車慢慢會搭了，巴士換電車，捷運接渡船，開始知道方向，有了距離感，手邊的地圖被揉皺，心底有一條發光的路線正緩自張開。路被走短了，城市慢慢變小了。行進出現一連串省略，掠過、交錯與穿越。

那時候，食物不會覺得死甜死鹹太乾太軟太硬，不是舌頭被馴化了，只是知道蛋糕太甜，就要有杯苦咖啡佐。餅太硬，才需要湯泡軟。那時候，開始讓自己慢下來。時間卻變多了。開始覺得有點散，但不到散漫。起居應對有點熟了，但還不到全然熟練。一直離目的地有點距離，但又覺得不到也沒關係。

眼皮低垂。心仍鼓鼓。

開始懂得欣賞意外。開始尋找巧合。開始期待，期待一切開始。

燈光變得暈柔了，但不到暗，摸黑也能走。城市變得親切了。幾乎以為能貼面。

縱然接下來就是膩。

那是我最害怕的一件事情。城市變平了，像一條毛巾，是我老家時常見的風景，初老男子裸出上背，熱帶太陽下啪的把濕毛巾整坨整片撥打向身後。

一切變成一塊。只是糾結。只會慢慢變乾。再不新鮮了。

那時，就是告別的時候。

好想要維持城市的保鮮度喔。想要的也許不是真的那種愛，不只是愛，而是永恆。

夜裡作夢，夢中站立在冷涼冷涼的生鮮櫃前，我一個一個的檢視，冷氣轟轟吹出的白霧裡可以沿保鮮膜壓出內容物浮凸稜線，我仔細檢查是不是有出水且內容物色澤有沒有改變，依序看過去，這裡是豐原，是台北、然後是馬尼拉、是上海、東京、溫哥華、多倫多……

旅行是一種癮，為什麼一直去呢？現在不說「有一趟旅行」了，總說是第一趟。總說是上一趟。說著說著，有點騷動，腳趾頭在襪子裡蠢蠢欲動，行李箱始終沒打開，心裡已經在醞釀下一趟。

而城市是耗用品，多不想去啊。前拖後拉，一到了那，旅館要升等，餐廳找便宜，商店問 discount，諸事待辦，萬事成空，痛苦在那裡，樂趣也在那裡。

我花了很久的時間才弄懂。我喜歡的不是陌生。也不是熟悉。是那個變換的感覺。慢慢的，慢慢的進入。近乎停止。幾乎以為不可能。

不可能，終究也只是一種可能。弄懂了，一切快了。也要離開了。

有些事情就是這樣，像是游泳，像開車，或旅行。熟了，就不好玩了。

我想永遠擁有那份感覺。但那份感覺，正是站在永遠的反面。

下一次，夕陽在變的時候，每進入一座新的城市的時候，等待的時候，以為不行的時候，我心懷感激。因為知道，連這些都會過去，最好的部分，就在於最好的總會過去，每當變換時。

輯三

（不）在場證明

凌晨是神的時間

我不知道該怎麼稱呼這一段時間。通常是過早將身體摔上床，逆亂了生理時鐘，總之，某一刻，像冒出水面似清楚醒來，一轉頭，旁邊電子鐘螢光數字貼著眼皮跳，也才不過凌晨三四點，這時其他人大概都被留在黑暗的鯨魚腹腔裡，舉起蠟燭在貼闔的眼皮上照出自己的夢，偏偏只有我撐起肩胛擱淺在床畔，也分不清楚是倖存還是被留下。考慮到整體睡眠時間（某種「必須睡滿六小時以上」的健康警語所宰制），我知道自己終究還是必須回去再睡幾個小時，然後迎接整個行程表塞滿的白日，但若從上班預設鬧鈴、第一班捷運時段、最遲打卡時間往回推，在重新閉上眼睛前，還有一小段時間可以明目又張膽的打混。

該做些什麼呢？這種時候自然不適合算數記帳或點開 excel 表，太清楚的事情還是留給白天。這時本該放輕鬆。只是，如果真的想放鬆，睡個覺不是最好的嘛？有一度竟為這無事可做而為難起來，但連這份為難都讓人欣喜。畢竟這不是真的時間，而不過是時間差，是日夜乘除的零餘，太短，因此身在其中才覺得漫漫所以長。很無用，所以有用，用來躊躇都正正當當。

這時候我會趿著拖鞋啪嗒啪嗒就出門，巷口便利商店倒比較像是城市發光的夢境，鍋子裡咕嚕咕嚕滾著滷汁，有白煙裊裊，有世界上所有的顏色，這樣夢遊似繞著開架櫃子閒逛，連沙拉盒上的說明都仔細讀完，仍眷戀不肯去，其實不過想沾點人的氣，但又不是真的想和人交談，這樣的時間固然是種恩賜，但你為了獨享，使清醒成為一種品質，那份完整的孤獨務必要像手心裡的茶葉蛋那樣謹慎捧著，別讓它輕易碎去。

當然要走，繼續走，但別走太遠，因為之後還有幾個小時要睡啊，怕走太遠心跳更快了太亢奮，等等會睡不著，睡眠像是轡頭，拉出一段距離還是能遠遠遙控我。於是走路也是很隨興的，通常走到馬路那端騎樓就知道該回頭了，沒亮燈的廊下有送報生熟練分著報紙，一摞疊一摞，千萬別走過去，那是屬於明天的新聞，明天的世界的。轉回家時，連關門都是輕輕的，非常之有禮貌。那時房子變大了，卻怎麼也不像自己的，大概是因為此刻原該擁有的合法範圍不過是彈簧床墊尺幅大小，那蹓足遂有一種偷兒的味道。但畢竟什麼都沒得手啊，眼看時間還剩一些，心裡遂泛起一股鬥志，很多偉大的計畫念頭都是在這時候醞釀的，床頭的筆，便條紙上久了就看不懂的草寫，想著明天一到就立馬把手上的工作完成，也許重新學好第二外國語，或拾起荒廢的樂器。最好去見某個人，要對誰說出很重要的話。那時鏡子總像窗玻璃，照出來是一片黑，窗玻璃反而像鏡子，轉頭的瞬間，會乍然浮出一張臉，足夠讓你驚嚇，要想一想，忍著不端詳，又忍不住端詳，在這個日夜被抹糊的時候，往往無比清明看見一個有形狀的自己。一個自己的形狀。

那樣的清楚又總會變得模糊，就跟那些計畫一樣。知道醒過來以後，沒有幾個能實現。但連這頹喪都是輕輕的，這就是這段時間的重量，不曾為生活添加了什麼，沒有任何事情發生。似乎時間沒有真的發生。

很偶爾，我會想起從前看過的一部電影，實際內容演什麼已經忘記了，只記得名字：凌晨是神的時間。我想，在這時醒過來的我們，一定是神的孩子吧。無論此刻我們如何清醒又迷茫，和衣坐好卻又像抱膝在混沌裡，但再過一會兒啊，只要再過去些，我們就將被遺落在巨大的白天裡了。在那裡沒有神，卻有很多人，有很硬的線條和各種規矩，我們要努力讓自己清醒，食下果子那般善惡分明，不能有一絲鬆懈，讓自己變成一個什麼事情都很清楚的人。太清楚了，清楚得像是那顆終究忘了吃的茶葉蛋。放久了嚼起來像是橡膠。

再如何不願意，最終，還是得要把自己放回床上。只是，第二段睡眠像重新復合的感情，往往變得很難，很遠。這時，時間會加速流逝，我在床上左右翻滾，明明知道再不睡就真的沒法再睡了，但仍忍不住睜開眼，也總在這時，窗外的天色和很多事情一樣，慢慢的，無可挽回的，竟亮了。

KTV暢遊指南

也許我們該記得進入包廂時電腦打號吐出的條碼紙上入場時間，也許不該，反正深夜十二點以後至凌晨六點間，憑卡消費只收取包廂費，人頭數不構成問題，像現象學大師胡塞爾所提出之「括號法」，把所有的預設和前見置入括號之中，存而不論。於是一旦進入ＫＴＶ，有許多物事也該跟著放入括號中，（時間）被放入，到明早六點計時時間到以前，包廂裡不存在時間。將（日常生活）放入括號中，搖一搖那些白日裡烈陽蒸塵漫天飛花的工作、職場辛酸以及種種不如意，皆沉澱於包廂最底層，暫可置之不理，待明日離場時間如出地穴，望著外頭晃亮亮日光刺亮讓人眨不開眼，始再覺人世實存熱燙燙之溫度。當然還有更多括號（股市起伏）、（工作進度）、（職場進退）、（廚房裡滾不爛那盅豬腳）……

若能把身外的一切通通放到括號裡，從進入KTV包廂的那一刻，什麼都可以卸下。小小包廂布置成極簡風格，棉沙發塑膠方桌，角落一台點歌機器神奇連接至電視螢幕喚來山與海，此外再無他物。那是一個以幾何狀物體呈現的功能型房間，一切設計皆線條俐落不帶一絲浪費，沒有其他附屬之功能性恰恰是包廂最大的功能性，於是你放下公事包，鬆了鬆領帶也許一腳一踢把鞋都甩掉，別忘了拿下頸間掛著據說能用來清淨空氣之負離子轉換機，雖然包廂沒有窗戶，但反過來說，也就無須擔心外頭壓面而來的鐵塔高樓或車流量，把空氣污染、建築與街道放在括弧裡，且我們不需排隊，歌詞裡也沒有借過或你先請，跟著便把人群放入括弧中，又發覺房間裡唯一電視將永不放映新聞與八點檔，這麼一來竟將外頭整個世界都放入括弧中。KTV包廂且連牆壁都細心鋪上吸音棉墊，閘門一旦密闔起，便像進入太空艙，脫離社會其實這麼簡單，螢幕顯示歌曲播放倒數，來賓請掌聲鼓勵。

彷彿回到希臘時代，槽痕柱露天議會場，白衣人迎風開襟，頭戴桂冠高聲訴說，你在包廂裡則拿起麥克風，test，test，外圍坐成一圈一圈不再是你的上司你的下屬或是那個偷偷換掉你報表的神祕競爭者，而都是聽你言說歌唱的公民，身分被還原，階級被放入括弧中，KTV的民主制度，包廂中只存在歌唱者與聆聽者。第一首歌切入前奏一陣鋼琴滑音由小漸大，一旦場子炒熱，話題便不再圍繞A出走B業界投資C行業準備與D聯手染指E，上述符號通通被代換成音符DOREMI，於是職業被放入括弧中，密閉包廂宇宙漂流，失重狀態裡誰的喉頭深邃一如太空蟲洞，一引吭，休士頓，這裡是探索者一號，一切就緒，準備出發。

那之後音高陡然拉高八個音階，往復迴旋如轉山岳，又該轉瞬拉下低唱淺吟，但那樣理想化充滿細節性的繁複技巧只應該存在於《老殘遊記》中，且把「技巧」放入括弧裡（還沒進包廂以前，我們已經把《老殘遊記》與課本放到更遠的地方了），所謂的唱將或歌唱大師就應該去參加電視選秀節目，來KTV歡唱之輩，說穿了不過圖個「爽」字，人們聲嘶力竭一巡粗紅了脖子像要自喉間傾倒出些什麼來，而這些連他們自己也說不清就只是什麼的什麼（把情感、或者「什麼」被放入括號中），對應於歌詞不外乎負棄、情傷或驀然回首，很快你便會發覺，那些「什麼」並不重要，重要的是表達這些「什麼」時的姿態，如何豪邁拚趕場拚大聲拚一切可資投注的，那樣毫不在意揮霍，噴沫彈齒咬到舌頭也要保持喉道暢通的心態本身，根本就是一種青春。於是便把青春也放到括弧中。別時容易，唱時難。

相應於點歌系統中萬千歌曲等待演繹或者消費你的青春，KTV業者且精心製作了點播率排行榜，並跨媒介整合不同頻道電台密集播送本月主打歌，KTV的新國歌運動，有一天你終然會發現這個由商業體制操弄控制的政權本質，但縱然明白排行榜上歌單看似這麼豐富實則貧瘠，偏偏又買它的帳，總為了某段歌詞而心一搏一碰眼淚就要掉，於是那麼貧瘠卻又豐富的，你試圖選擇，但最終沒得選擇，於是只好把選擇放入括弧中，且安慰自己該發生的都發生過了，而你不知道重新來過會不會比較好，於是括弧中便又多了「遺憾」這一心態。

或者在這麼多歌曲中，你真的曾經由這些相重複的字裡行間重新記起那個誰誰，跟著回想起某年夏天那件藍色百褶裙與落在上頭的梔子花白色瓣葉，當你眼眶微濕，你會驚覺，螢幕上你心裡的那個人已然大了身形換了臉顏便坐在你身旁，你們也許會唱一樣的歌偶爾在同一個節拍上相遇，但一切都將隨著螢幕裡那蹦蹦跳躍的藍點直往下走，相同的歌詞再重複一次便沒什麼意思，於是你把往昔那一段放入心裡也置入括弧中，而時間則把那個人放在包廂裡，只是什麼都變了，唯一能夠觸及卻又不能攀附的，竟還是聲音，也只有聲音（我以前喜歡過你耶）、聲音（離開以後你好不好）、聲音（如果那個時候）……

也許是為了尋找廁所（不過現在更多的ＫＴＶ將廁所設在包廂中，廁所也將存而不論），乃至接聽一通挑錯時機的來電，你會推開包廂門，站在外頭安靜的走廊上，手機那一頭聲音引你回到現實世界，對方問你去哪了呢？像是趨臨飽和的人世間對一旁乍空險落的人形空缺關心提問，你用一種疲憊裡掩不住興奮的口吻說，沒什麼在唱Ｋ而已，然後對方那頭帶著羨妒酸溜溜說為什麼不約我，你淡然說下一次吧，就此把人際關係也放入括弧中。或者來電者劈頭就問你這逆子半夜三更跑哪裡去野了，你想回答唱歌二字，粗嘎嗓音中以一種更暴亂如巫毒咒語的旋律取代，於是便把家庭也放入括弧中，但你心頭依然萬分想念母親撫耳輕下曾哄慰你入睡的第一首歌，當你推開包廂門的那一刻，電子旋律混雜多層次編曲逆旋而上，你把自己塞入小小房間裡，時間光譜的另一端你正從一密閉濕暖具備功能性之斗室中蛻身裸出，然後你們同時張開

嘴，樂聲漸大，你兩頭雙人合唱似一人一聲哇，出聲出生，但一個才剛進入包廂且計時收費，一邊已永遠離開，那回不去並被放入括弧裡的，從來就是鄉愁。

門重新關起，人們在包廂裡頭唱著情歌或愛或恨，ＭＶ影像絢爛，被剪得破破爛爛的情節不外乎一對男女在那追逐、撲倒、哭泣或者笑，然後再追逐，生活是重複的重複，你且質疑明明在進入包廂之初，就把一切都卸下了存放括弧中，怎麼還沒有還原到最初，會不會括弧對你來說並非全然不論，相反的意義是，一層一層如枷似追加，你們後來會像上癮似，精打細算哪一夜消費低廉只為再感受一次包廂帶來的解放感，ＫＴＶ成為新的鄉愁是另一流蜜與奶之地（聽來亦像是ＫＴＶ歡樂吧吃到飽的廣告詞），你們會在包廂中培養新的人際關係，或者好諂媚在長官歡唱結束那一刻按下「來賓請掌聲鼓掌」，也許會偷偷捏著誰的手暗示什麼，如果包廂中剛好沒有人，歌便也不唱了，嘴巴貼著對方耳洞哼出另一套旋律。而無人聞問的電視螢幕上猶然映著我們這個時代的影像，這一切並非存而不論，而是存在卻沒人去懷疑。什麼都在什麼一開始便沒有捨棄。ＭＶ不過是新世紀的電視新聞，或是少了台詞的八點檔，而歌詞永遠反映當下心情卻不能反映永遠，因為連歌曲本身明天在不在都是個問題。但總是會有新的歌曲套上舊的心情，等著被唱被點播。你是唱歌的人你便同時是歌曲中詮釋命運的主角，你是被拋棄真心換絕情的失意男悲情女；你是天真愛戀的甜美女孩等愛男孩、或是熱戀中情歌對唱的屋頂戀人百分百情人，你是我是他是在座的所有人而所有人便是你，你是這個世界本身。

有時候你不免想，如果我們只是進入包廂，陪笑聽幾首歌便離去。有時候你不免想，若我們根本就不曾進入包廂中，若我們根本未曾來到這個世界，未曾愛或恨，未曾面臨那些分離與決斷，若我們不是我們，你不是你……

但那些終究只是想，或者有天你所想所思會變成一首冷門的歌曲偶爾被點唱。但那些遠非是括弧可以涵納的。此刻包廂在前，你遲疑著，終究會推開包廂大門，進入那個存在不過耳朵中膜片薄的空間裡，也把自己放入括號中。存而不論。

漂流的ＫＴＶ包廂

來賓請鼓掌。燈號亮起。遊覽車車廂從後頭嘩嘩嘩翻骨牌似，響起響亮的拍手聲。高速公路上遊覽車窗簾拉起，密實實擋住日頭卻攔不住滿廂歌聲。什麼時候開始，遊覽車在載運乘客的同時也負責運送聲音，有那麼一點託運的性質，只是聲音沒有指定的目的地，也不需要卸貨或丟包，遊覽車上的歌唱行為是自給自足不住循環的封閉系統。過程便是完成。仰頭看半空懸吊電視機裡一顆藍色小圓球兒好有韻律感跳著蹦著，隨著車體的晃動其實是跟隨音律的行進，一忽兒滴溜溜一行字滑過去，彷彿也在追著窗外景色跑，於是外頭拔山掠樹風景齊窗切去，車廂裡歌聲一個八拍升降起伏唱過副歌又重來，遊覽車成為流動的ＫＴＶ包廂，窗外車頭燈大樓挑燈閃閃滅滅，七彩霓虹，來賓進場的同時也正進行出場的動作，不額外收費不算人頭，公路標誌里程便是歌唱鐘點數，彷彿很小時候背過的課文句子（多像是後來ＫＴＶ歌曲流行的經典老歌重唱或變奏版）：「風乎舞雩，詠而歸。」只是不知老夫子會不會按下包廂遙控器上「來賓請拍手」或罐頭掌聲代替課文後半句：「吾與點也。」

或者老夫子口中的「點」會由學生親暱的稱謂，變而為貨真價實螢幕上那躍動的藍點兒。

也許是因為遊覽車限速太低，或者種種我們所不知的理由，遊覽車上的歌曲更新速度總跟不上那些穩穩駐紮地面上的ＫＴＶ，我們會在時速百二十的高速公路上重溫七八〇年代老歌，思想起意難忘思念總在分手後，明明遊覽車是往前跑的，歌曲卻總是向後回溯，根據質能原理，時間在中間驚人的被抵銷，相互拉扯的歌聲與車速中，只剩下遊覽車上的我們，瞻前顧後卻只能實實在在的唱著。

被留在時間線的路旁，除了音樂，還有遊覽車上的音樂錄影帶影像。小時候搭遊覽車，且驚疑無論歌詞為何，為何那字幕後頭總是沙灘涼亭，女的梳半屏山頭男的墨鏡大衣一臉阿飛相，這樣長亭外海岸邊停停走走，靠著牆點菸一呼一吸便老半天，歌曲都要到盡頭了也不知道那裡頭究竟有些什麼故事，或者遊覽車車速再快，始終趕不上車外頭世界變遷速度，這時想起包廂裡播放的ＭＶ演化多迅速，重視情節畫面，有一個故事的起承轉合，有時候劇情演得比歌曲還要長，時間過去車子過去卻只有遊覽車上頭一曲反覆的音樂沒有變過，什麼樣的歌曲都是那麼幾種影像切過來變過去交相替換，男男女女停停走走行止不定，從過往年代徘徊至今，一如遊魂。成就了一種高速流動中的不動，變中的不變。

什麼終究都過去了。

來賓請鼓掌。來賓上車下車。多年後，也許我們會再唱起當年的歌。那時候的ＫＴＶ不知道變得怎麼樣了？不知道還會不會有遊覽車上頭掛著部笨重電視兩三支麥克風輪著傳依然歌聲滿行囊？或者我們會在那些陌生忽忽乍臨的情境裡——第一次離開故鄉，久別偶逢、某段無可挽回的感情乃至某個對你那麼重要的誰誰某次意味深長的回頭——那時你會發現自己正下意識的，舌抵上顎自然而然哼起某段熟悉的曲調，露齒啟唇不成聲的蹦出幾個詞來，字字若千斤，壓得舌沉齒酸，動作也不免輕柔緩慢了起來，這才發覺，自己不正像是多年前曾經取笑過的，ＭＶ裡那些彷若紙糊人形的男女主角。而世界是一部巨大的遊覽車，或者說，一首手風琴、銅號吹角、口琴銀笛打點小鼓響板之類拼裝而成的進行曲，時間帶著我們像ＭＶ歌曲裡的小藍點那樣被節拍趕著跳著前進，往復低旋，燈號暗下，來賓請鼓掌。多少人傳唱了，卻獨獨，那最核心的，只有我們一人知。

暗中豐原

車行過後，路燈接在車尾巴後一盞一盞暗下。像電影鏡頭，主人翁後腳跟才提起，世界已經在他背後逐一碎裂崩落，路都不見了。而前方是由燈鑿出來的，車頭前一個張臂擁抱大的暈黃光源，柏油路劃過，地上銘黃反光線穿過，石子路過，兩旁一一拉下鐵捲門淺廊厚門的八〇年代建築經過。過去了過去了，一切都過去了。只是在暗中，而家還沒有到。

我跟爸爸說，豐原怎麼變得那麼黑？爸爸手握方向盤，頭也不回的說，因為市公所沒錢啊。都負債囉。反正路上沒人，還開什麼路燈。

我說我們就是人啊。想再接著問，那我們繳的稅用去哪裡了？我想問，那之前市長承諾的政見呢？我還想問……但是，等等，市長早不是用選的了，縣市合併後，市長不是市長，變區長了。我這才發現，連現任區長是誰，我都搞不太清楚。

而更早之前，我和爸爸已經無話可說了。

面前石堵牆彎疑無路，燈光撞壁，一個急轉，路又長了出來。拐彎入巷，打檔放慢，光照中鐵捲門虎虎向上拉，新娘揭起頭紗似，暗著的臉四四方方僅露出兩點紅光，像誰的眼睛也正與我對看。那是神明廳前紅燈。要到庭院的感應燈自動亮起，光在此時呈液態，水侵潮起，有什麼湧進車內囉。然後一切都看到了。到家了。

走廊上燈亮了，飯廳門打開了。桌上紗罩掀起來了。飯菜重新冒起煙。一切在光裡頭露出了線條。我們的話語也是，一個又一個對話方塊，有問有答，吞吐有度，稜角分明。說明這幾個月的生活。說明在這座小鎮外的生活。說明，說明。一切只是說，好像說了也就明朗了。不說的，就讓它在暗中吧。感情，工作，抽乾水似逐漸乾枯的存款情形，不說自明，也就只是慢慢變暗。

夜更深的時候，想洗澡了。但水怎麼流，一逕是冰的。大喊問，怎麼沒熱水呢？很遙遠的地方傳來悶悶的聲音，瓦斯管壞啦，要修了。先等我們把熱水器接上開瓦斯桶吧。暗中有水嘩嘩，我以為黑暗是靜止的，但它正在動，險險的動，究竟是黑暗延展得快些，還是物事崩壞的速度呢？等不到熱水，我在房間裡瞎晃，這裡碰那裡摸，手指一抹把灰塵撫掉，十幾年的沉澱。眼睛掃過去，下一秒，餘光所及，又正目回視，怎麼回事，有點不對頭？這才發現，書架上有排兒童科普書一字攤開在那。它們在那，依然在那，我在走廊上大聲的喊，之前不是把它們裝箱上膠帶，說要捐出去或乾脆丟掉嘛？怎麼它們又回來了呢？媽媽說問你爸啊你爸說說。爸爸說還可以用咩書放了又不會壞還能用啊。浴缸的水在這時滿出來了。想再喊些什麼，走廊上燈已經暗，門都關了。氣也氣不起來。

在暗中。一切在暗裡，在我不知道的時候，它們又悄悄跑回來了。過往歲月。要的，以及不要的。但真不對勁，一切都不對，物品都在它們原來的位置上，但為什麼？那麼久的時間了，不應該這樣啊。好像從我離開，它們就在那裡，關上燈，閉上眼，等我回來。然後一切又打開燈，旋轉木馬在破敗的遊樂園中緩緩旋動。怎麼回事呢？我闖進時間的隙縫了嘛？還是他們已經死了。只是為了我，很努力的，重新活起來，表現出歡樂的模樣，似乎一切如昨。

那樣的想法也只是暗中的一個夢吧。隔天昏昏醒來。日光裡一如過往。但也就是一模一樣而已。一切只是漸漸舊了，瞬息毀之也不可惜，新的又覺得無甚品味。我在小城裡晃蕩，路老是在挖，紅綠燈壞了尚未修，空氣中有一種失去秩序的忙亂感，但連這失去秩序也是一種意料之中的秩序。不，連這秩序都快沒有了。小城新起了捷運工程，幾條路被封了，很不好意思的問人，某某路怎麼走，連自己都害羞。那時真心想，該回去了。

是啊，現在都不說，回家了。而說，去豐原。現在都說，回台北了。

我想回台北了。該怎麼跟媽媽說呢？那裡的路燈比較亮。夜裡比較看得見。那裡一切都還在變。就是太急了。但在那裡我覺得比較方便。方便的意思是，他們不會等我，但就算是被一個人留下來，也自在多了。有時候，給人自在，就是給人方便。

媽媽只是說，現在晚囉。太晚了。晚回去危險。明早爸爸載你去車站吧。於是又回到暗中沉眠。每次在家裡頭睡著，都覺得不會再醒過來了。是太放心嘛？或者是太不放心，太放心，因為知道這裡是家，太不放心，因為知道這裡是家，但終究還是要出去的。在外面的世界，光比較刺目，退一點點，很容易就比別人暗了。向日葵也正昂頭爭它們的日照。這樣想著，也就醒來了。卻又太早起，早到天還沒大亮。奇怪在台北根本不可能這麼早起床，窗外還是黑的。我要走了。我喊。而媽媽已經在廚房裡，好像她一直站在暗裡。在暗中，就為了等我。她說，要走啦，要我拜一拜神明再走。那樣的暗真綿長，連神明鼻梁高挺的臉上都有陰影，爸爸則站在神明桌側，被話語啟動般，隨著微光，或目光，緩慢的拿下供桌上杯盞開始倒水。咕嘟咕嘟，我說水倒滿了我來點香，爸爸說好。空氣裡有濕濕的氣味，我到處摸索打火機，一打二打，怎麼也點不亮，倏忽，誰按下牆壁上開關，是媽媽，他說你幹嘛呢？我以為他叫我，一回頭，卻發現，是爸爸，他一雙手拿著水瓶，流水傾注，水正往杯中倒，還在倒，一直倒，已經溢出了杯緣，咕嘟咕嘟，神明桌前倏忽泛開一整灘一大片。

一切都停下來了，一切又還沒。那一刻，有一種「我抓到你了」的感覺。我看著爸爸，爸爸看著自己的手，神明望著我們。然後，光來了。魔法解除。他們又動起來。好不忙活。「太黑了嘛！」爸爸解釋。而媽媽拿抹布麻利的擦拭。桌子濕了又乾。一切像沒發生過。我的臉上紅紅的，真不希望被看到。真不希望看到。沒看到，一切就還可以跟以前一樣吧。沒看到，他們就還能繼續動下去吧。想說些什麼撐過這個尷尬的場景，但怎麼想，都想不到該說什麼，啊，我不是很早以前，就和爸爸無話可說了嘛？

只好一家人都拿起香，向神明說話。

神啊。我說。好希望回去喔。

回到那時候。

回到暗中。

那時那麼亮。那時我只是一個孩子，還沒去過外面。那時我的爸爸壯健而媽媽短髮帶波浪人來勁兒時像潮水大浪猛勢逼人，那時這個家旺盛彷彿發爐。

那時我以為豐原是非常大的小鎮呢。就算是小鎮，也是世界上最大的。

那時就沒有路燈了嗎？但為何那時候，每個夜裡，我都可以偷偷翻出牆在外遊蕩，衣襬拉出，兩眼放光，彷彿能視物，第二天依然朗朗的上學？

回頭一眼，鐵捲門正虎虎朝上捲，天光大亮，外頭日照針刺似逼近，我且忍住，一定要忍住才行，不能跟著光回頭，一回頭，就看見真相了啊。看見現在。

只有在那時，我和黑暗融為一體。

而現在，只剩下黑暗。

且我是再也進不去了。

深夜大賣場和媽媽關於重量的對話

媽媽揮著傳單說，就要中元普渡，所以大賣場從午夜時段至清晨七點，買兩千折兩百喔。我提醒媽媽在我小時候過了六點天一黑她就不讓我出門了，何況現在是農曆七月耶。但媽媽說就是七月要準備普渡用品才該去，何況這麼晚去一定沒人才不會擠啊。是以錦衣夜行，快過午夜時，我們一家子跳上車讓儀表板冷光映著前座父母的臉森森像是知名觀光景點打了燈的塑像，就這樣往深夜的大賣場行去。

我確實看過一些以深夜超市為場景的電影，就我印象所及，影片大部分來自北歐或是某些接近極地所以日夜拖得很長的國度，在鏡頭裡，空蕩無人的走廊迴響單調輕柔的鋼琴配樂，罐頭衛生紙疊得高高的且因為燈光太明亮而有種玩具或塑膠貼皮的質感，一旁生鮮櫃空蕩蕩噴著嘶嘶的冷氣，只有主角孤零零推著車，夢遊那般行進著。但此刻我們一家像是進香團來參拜，賣場門口特設拜拜專區，那些零嘴經濟包和一旁金紙銀紙組合包有同一種配色，一大籠自鐵架底部堆到屋頂，大門兩旁列隊分立盤龍騰柱的，讓人不自覺仰望以為縮小了正走進冥府之城，但耳邊又確實播放比吉斯還小野洋子的即興演奏，整個九〇年代我們在休息站下車尿尿三分鐘時耳邊除了水聲噓噓就是聽他們在吹喇叭。我是說這一切太超現實了，我爸我媽媽卻渾然不覺怪，一推車進來便直直飆進衣物區，歡快在特價花車整落整落條紋內褲三角褲馬褲中挑挑揀揀，我紅著臉說我自己買啊。我媽媽正色道，不要那麼自私，這是幫你弟弟買的。我這才知弟弟都二十五六歲了連內褲都還靠老爸老媽提供。但我想讓媽媽站在子彈內褲花車那展示模型鼓鼓的囊袋前猛低著頭也太那個了，打算為她遮掩一下，也就隨手拿了一兩件來比劃。媽媽說這樣不準，你們兄弟 size 不同啦。我低聲說你又知道我們不同了，遙想更早以前我不想穿的衣服不都讓弟弟接收了嘛，說到這裡才發現，內褲大概是唯一無法兄友弟恭的東西了。媽媽說，問題不在能不能穿，是不衛生啊。我說這就涉及人身攻擊了，是污辱我還是污辱我弟？我媽說不然我爸爸的讓我穿穿看，我乖乖閉了口只怕真的父傳子繼。

我倒發現我們一家子真的很久沒有共同出遊過了。我這樣跟媽媽爸爸說，在我小時候你們還說好一年至少出國一次呢，那時一起去過優勝美地拉斯維加斯啦還有日本海洋巨蛋，我記得我們搭了好久的車喔一路睡，我發出悠長的嘆息聲，指著推車上落單的優酪乳說，想不到現在是這樣。我媽媽丟了一盒日本進口納豆到推車裡，問現在這樣有什麼不好？你看，也是全家一起出去。還省了出國的錢呦！我說，真是夠了，反正就是不好。但嘴巴嘟高高又講不出真正想講的，只好咕噥著說你再講我就要回去了，我媽媽就再講，齁，你看，連要回去的時間都縮短很多，這不是比出國更好！

後來我們卡在標示「參加活動由此去」走廊上等。我爸問，怎麼櫃檯都沒開？一旁服務人員說，唉呦先生特價時段是凌晨一點到七點喔，現在才午夜十二點呢！於是我和我爸一起望向媽媽，媽媽則望著更遠的地方說也才差一個小時，記錯了不行嘛？我正要講兩句刺激媽媽一下，我爸爸已經開始打圓場，不然再逛一下，不然我來跟你們講講組合櫃的組裝方法？我和媽媽都說不要，我爸爸又提議，再不然我們去生鮮區繞繞。我說不好吧你每次去都貪小便宜愛試吃，把生鮮區當自助吧一樣。我媽媽用力拍打我肩膀，要我講話客氣點，不要念幾年書就囂張。我很委屈的說，我只是想提醒爸，現在是凌晨，生鮮區如果還有熟食煮好放在那，也都變冷盤了，我不想要大家在廁所裡挨到凌晨一點。我們就這樣一圈又一圈推著車子在深夜的大賣場走著，每隔一段時間我就轉頭問我爸我媽媽，櫃檯門還沒開嘛？媽媽說，還沒呢。有一度我想，是不是兩個介面弄反了，普渡一開始，列位好兄弟好姊妹大概也擠在那貫通兩個世界的門口前問，欸，還沒開嘛？我用肚子頂著推車把手往前再繞了一圈，並持續和爸爸媽媽有一搭沒一搭說著話，因為太久沒和他們說，再繞個幾圈恐怕就要沒話題了，這時我才真的覺得慌，怎麼辦呢？你們不要再問我了，再問就太深入了。推車在這時變得更重了呢，我只好再問媽媽，時間還沒到嘛？我媽媽說還沒喔，我嘟嘟囔囔的說，好重喔。媽媽說，再撐一下吧。我說，爸，我好想睡喔。媽媽說，再撐一下吧。我說，我們還要在一起多久？媽媽順手扯過推車，她說不然現在走喔，回去就回去。於是我的手一下空了，輕好多，卻又讓人不太習慣，於是我又把推車拉回來，真的好重喔。我說，不然就再一下下好了。大家在一起再一下下。

操場學

我對操場的想念是自一顆中年人的頭顱開始的。那時公車顛行，他雙手插入拉環中將自己懸空吊起，只有頭顱是垂落的受地心引力牽引頓了又頓，從我這頭望去，視線所及是他那環礁似的髮，圈出中央坦坦然如此理直氣壯近乎羞恥的頭皮。喔，這就是地中海了。我想，且不免將手指插入自己被髮絲披蓋的額，像揭起褲管試探潮汐深淺，其實心裡頭好擔憂是關於環保唉呦海岸線是不是有朝一日往後退……

然後，我想，不對喔，那樣封閉欠缺出海口的髮型哪裡是地中海，應該是操場才對。

我對操場懷抱著敵意。離開高中以後立定志願也立定身體是再不去的。只是偶爾會想起，想起那些旋轉那圈跑道，那些一如新剃頭皮的草根擺以及其上如草皮刺的髮跟著擺。還有遠遠近近的叫喊，像掉下的炸彈零零落落正在引爆。我說我不想進去那裡面，是因為我不想成為那裡頭流汗的一群。我說我不想，是因那俯望的畫面如此美麗，正因為我不在，我才一直想進去，想像有誰站在那裡頭，像是夏宇曾寫下「一場大雨忽然猛烈的下起／在廣闊的空無一人的操場上／我曾經那麼吃驚的看見／看見他正在雨中旋轉」。

操場的本質是重複，反覆旋轉，無始無終，旋轉的少年該是所有操場的動力源，一圈又一圈，由慢而快，帶動操場運轉。操場成為制服正中央那顆鈕釦，渾圓，溫燙。要用針密結縫住，在身體的中央。

離開學校後就再沒有踏上操場了。但我買了一台跑步機放在客廳，每一天起床都像電影裡所演出，男人抓著蓬亂的髮在硬膠軌道上跑出金屬撞擊的聲音。從少年到青年，從操場到跑步機，雖然這一生看來都像在原地奔跑著，但到底它們是不一樣的東西，這世界上沒有什麼是一樣的。只能夠說是「像」，在某些程度上比較。我想那就是操場的消失。以及所謂譬喻又或聯想的誕生。像是從一顆頭顱，想到一座操場。

在我離開操場很久以後，我認識許多人，我曾愛過其中幾個。我不知道他們是否一樣愛過我。像我一樣愛他。那也是譬喻性的問題。只是其中總有些人，很讓我想念。對了，就像這一刻我凝望中年人頭顱的距離和角度，當從很遙遠的地方往下望去，我曾經發現，我愛人的頭顱，在耳邊，在頸後，用推刀犁出一條深槽來。「這叫做跑道線。」那是那個年代的刻線，鑿在某個年輕的頭顱上。而我曾用手指在上頭跑著，感受指尖下草皮還是頭皮微妙的刺感，一下子就跑完了。和那顆頭顱所連接將發生以及已經發生的所有關係一樣。雖然跑著的時候感覺是直線，但如果不從更遠的地方看，是不會知道他的形狀的。而那時我一直以為前頭還會有的。可以直直去。一直一直。

所以操場的本質不在形狀，而在性質。不是因為他是環狀。往復迴旋。而在於，無論如何反覆操，都只有一次。

那麼，下次見了。我轉頭，對著車窗裡的自己反覆練習一次又一次，都以為下次還有，但每一次說，還是感覺到第一次離開時那麼新鮮彷彿能嗅到鐵鏽還血味的憂傷。在這環狀線公車就要帶我去的又一次，還是最後一次的見面前夕。

紅莓豔

五月去剪髮時附贈的莓香洗髮乳在八月的髮上搓成泡泡，七月下水以後就沒有再去造型，未新染的金髮吹乾後像等待收割的玉米田，今天也是垂穗蓬葉的。拿來洗身體是橙味沐浴乳，用無印良品的小瓶子從浴室裡大罐分裝出來，和其他口味瓶瓶罐罐兜在沐浴包裡像湊成一只水果籃。貪其熱帶風瀰漫果熟瓜爛的甜味，沐洗後但覺體健身輕，長成一顆南洋植物似正用力舒展它節理分明的肢幹。

夏天快結束的時候，在一家飲料店裡看到新促銷，招牌招呼如果點紅莓酸檸飲就送紅莓沐浴乳。儘管把吸管抵到杯底快速咕嚕咕嚕，不見得是真的想喝飲料，不過是想把沐浴乳換成紅莓口味罷了。想像第二天裸身站在蓮蓬頭下，從頭到腳氣味一條鞭，

這才覺得這個夏天算是完滿了。水流過磁磚地沿縫竄出必然都是紅莓味兒香。

沐浴包最能見人情性。我常去的游泳池多半是學生光顧，男孩子落東丟西，不是沒潔顏乳就是忘了洗髮精，或是頭到腳就那一罐。淋浴間常見伸出的手掌緣隔板伸抓，借這索那，小打小鬧不見小氣，借人的是豪情慷慨，商借的落些垃圾話竟也大氣凜然，我不知道女孩子的情誼是不是像懷中揣著小匣子繡香囊一類，眉筆唇蜜要與知心者細描暗畫，男孩的交情大概就是淋浴間的沐浴用品，能給出就不算自己的，自己的又什麼都可以給出。

倘趁這時觀察沐浴包往往可知道男孩如何理解，或組織自己的身體，疼惜自己的會塞些爽膚液保養水之類，沒理由肥壯了裡頭枯乾了外頭。有人只帶罐沐浴乳，他們通常髮根鬍鬚剃到根腳短短，泡沫都未能沾附，被當成身體對待需要認真清潔的面積只有頸部以下，那奇怪了依然淤積排水口的毛髮又是怎麼來的？債與償，多出來的頭與被錯估面積的身體，這一具被沐浴包瓶罐數拆開來又讓排水口淤積攔住的身體在此刻才被掃去的目光撈起，有了重量，與形狀。淋浴不只是清潔，他在此前勞動筋骨活肌塑體的物理學身體之後，引水束淋漓總結，還原一個儀式性的身體。確認我們是什麼。還有什麼。又僅有什麼。

連氣味都收全了，我也算完成自己的小小儀式，只是攏一身紅莓香便要等上許久，五月頭，八月尾，夏天要結束了，我才湊齊這一包。小小的沐浴包裡也講機緣巧合和先來後到，不知道這算不算所謂命運。只是秋涼就不再下水了。沐浴包便不再用。明年夏天重新拉開拉鍊，汰其舊，又要重購一瓶新，這是否也是命運。這一生，泳大約是要繼續游的，沐浴用品也是要時時更換的，命運則是必然的，我只能為日子裡發生的偶然而竊喜，譬如路邊換來一瓶小紅莓，那竟像一場豔遇，在每次都以為是最後一次的游泳後，依然不忍多用。

辰巳午未

因為就讀的學校正好座落於城市邊郊的夜市邊，便有更多機會，在日頭又翻過了一夜一頁，重新點校那座深夜市集的白日光景，彷彿散戲後的舞台，燈光大亮那些乾冰霧氣與油亮亮夜裡瞳珠若燭光的魑魅皆退去，四散歪倒的鐵椅之間有塑膠袋節目單颯颯吹起又撲落，戲子素面未妝怔怔孤立於台上——或者對一座夜市而言，空間的本身便是主角——他眨巴著一雙泡泡眼有種失重的恍惚，兀自猜疑這樣持續開張沒有睏著的時間，是不是若緊繃過度的橡皮筋鬆垮垮失去了彈性，是一場永遠不會醒轉的大眠。

夜市在白日裡猶然醒著。

辰時已至，日光大亮，垃圾車剛剛過去，人行道重新亮燈，夜市裡一路散落的竹籤空碗瓢，塑膠袋沿街拖行，並未隨著夜漸退離隨之捲入黑暗中（想像柏油馬路上黑暗一截一截撩起裙襬露出腿幹似逐層消退，而垃圾隨著星球運轉同時退潮似消散），被壓扁的保麗龍空盒上新的輪痕輾上舊的，腳踏車叮叮，貨車發出刺耳警示聲響與小發財拉開側櫃門軌同聲預告早市的開場，昨夜沿街鋪上尼龍布防水布大喊「人生平百一件五百好看隨地擺」的小販撤退，換上菜販戴著斗笠鋪開籮筐保麗龍盒，裡頭勁竄著活魚銀鱗賽過成衣亮片，時蔬猶帶泥土香與舶來品跑單幫的比賽原產地身世，夜來撿便宜搶新潮的觀光客夜遊男女都老了十幾歲，以在地人推著手推車腕纏紅白塑膠袋的婆媽形象出場，在那一刻，屬於外來者，地緣特質標示著「經過」、「參觀」性質的夜市，在過渡夜的邊界一腳跨入晨光之際，又還給了當地住民，以早市的型態報戶口，始然與近在咫尺的近鄰們相認。

巳時，九到十一點，終戰時間，晨間那以磅秤以量計斤斤計較於價錢與新鮮與否的拿捏計較皆隱沒在沒有陰影的日光中，溫度攀升，柏油路如蒸白煙，夜市裡彎曲的巷弄因而產生一種視覺上的扭曲，似乎這些城市裡如腔腸器官般的通路到此時始有動作，搓活搓熱了經絡緩緩的運動著，消化了消費者，派出清道夫如血球防衛機制清理垃圾殘餘，清腸通胃還原街市原來的樣貌。

午時是空缺的時段，也許在屬於夜市的時間計數裡，相較於午夜時燈光探梭迴照，擴音器加油棒共振齊鳴的繁華光景，這是不存在的一刻。烏金退化為黃銅硫磺，夜市的本質暴露，若從高空俯瞰，迂迴繞錯的迷巷少了遮雨棚與各式帆布棚看板閃光燈的遮罩，赤裸裸現出內在本質，外露的水溝、牆壁上未遮掩的電線水管，以及蹣跚踱步而過脫了毛的流浪貓狗，夜市街角那鏡面弧圓凸出的廣角鏡最能映現夜市的本質，世界在其中誇張的變形——便宜的更便宜，流行的被大量販售，有保存期限的食材則被轉換為口碑掛保證的百年老店夜市老字號永續留存，而這一刻，廣角鏡裡只閃射出一道光，光裡沒有其他，光裡不存在夜市。

未時，牆頭條紋貓的腳步遲遲，日照的腳步遲遲，店家前景觀攀藤植物鬚角緩緩移位，因為光與熱而失去時間感知的市集，由鄰近大馬路的門市開始，鐵捲門嘩嘩拉開恍似爆破漸朝夜市核心聚攏，由推著兩輪車四輪車或腳踏車後座搭鐵架的零食小販開始，很快，初放學的學生便會滴水似三三兩兩滲透入盤纏的巷弄中，那之後，天幕拉下鐵門拉起，柏油路上塑膠布一字排開，星星沒有亮的天空，鎢絲燈泡散發微微的金屬溴味，半空中漫畫對話框似浮起一個又一個討價還價聲響，夜市在夜以前開張，好像它一直都在那，沒有睡，夜之後還是夜，白日一切才屬幻夢，連接昨夜未歇的喊喝與潮流，夜市繼續買與賣。

若不算時間，不殺價，辰巳午未，城市午寐，人們把腳交給夜市，還沒開始的，已經開始。

炭活

我在房間裡煮炭。

空氣裡有密集的香氣，如紗罩，如錦織（碳的分子結構呈六角形狀，細密多孔，彷彿堅硬的織物），披肩圍氈似鋪展開來，滿室是毛毿圍攏莖莖挺豎的暖意。氣味卻不是動物皮毛的，而接近於植物（竹炭以毛竹歷四百度高溫鍛燒而成，木炭者堅木櫟木達溫度千度謂之白碳），閉起眼彷彿能聽聞炭焦表面之孔洞有氣洶湧，竹有節，竹化而為炭，炭上彷彿有眼，熱度開了節，睜了眼，蒸煙竄面逼目，復又讓我閉上了眼。

無光的黑暗中，也有一種炭的顏色。

如果我的眼睛就此閉上的話。而爐上炭自燃。水煮乾且火燒騰旺。

煮炭人心音漸低。

那些時日來，死亡恰如炭燒時蒸煙，穿廊撥戶經過我生命。

都說租屋處樓上人家，燒炭死了。

畢竟是聽來的流言。說不得真。老國宅百戶人家，新市鎮發展快，老城市尋求更新，老國宅處在半新不舊城市邊緣地帶，談不上發展，更新汰舊又還輪不到它，就這樣尷尬立身違建屋叢立的小巷之中，半空曬衣竿與盜接電線橫七叉八凌空交錯，鋼梁似架著它，切割了視野偏又圍住了風景成圍牢。那裡頭人來去也快，房子不知道轉幾手大房東給二房東又交三房東抽一筆四房東號召分租，多半是鄰近學校貪便宜的學生，或工地的臨時工進駐。房客便像掛在外頭曬衣竿上舊衣，風獵獵吹著翻面快速，看誰都好像也誰都不像，一個不留神，風吹衣跑，人也就不見了。

我亦然是大樓的一分子。如同其他數十百來個房客，在城市裡，維持最基本的生活條件，最大的存在不過是成為大樓裡某扇點亮的窗。而這樣像要耗盡一切以肉體以精神澆燭燃燒，只為了有一天，能把透窗的光焰掐滅暗熄，就此搬出這棟大樓。設想有一更為光亮的遠方存在。讓曾以自己氣息填滿的房間又成為一個空的窟窿，陷進去的眼窩，等待誰從裡頭凝望。

而有人則用其他的方法離去。

或者在黑暗裡永遠留下。

音息一若炭煙，到我身畔已然涼，薄霧淡息卻更添朦朧之感。都說同住這層樓的某位房客燒炭死了。那便是全部，但一切又都語焉不詳，只有「死」如此具備重量，成為物事最後的結局，房門因此鎖上，門窗緊閉，密室一般嵌入牆中成為大樓結構體的一部分，彷彿從不曾存在這樣一個空間。於是那所有關於死亡的測度，其實最後都成了「如何到達那個消失房間的方法」，住戶耳語之間串流連綿的是前往終局之前一連串繁複的動線，諸如「死因是什麼」、「誰發現」、「如何處理」……

相較於難解的死，樓上房客的「活」倒是能被輕易交代。換來某日報上社會版一個小方塊，人們世故的，從他的生活環境與地緣因素判定（那幾乎成為住在我們這棟大樓的人另一張生命識別證），制式推演出「如何在滾水沸燙一般的日子裡活著」，而由此連結到「驅動死亡」之內在邏輯，其不外乎失業、家庭失和、感情因素、保險金信用卡債循環利率高利貸房貸法拍……

眾言紛紛，卻無從中透視那已經關起來上鎖加密的抽屜，生之可厭。死亡之不可解。縱然我們曾活在同一個大樓中，共享一巨大空間，在那以鋼材以塑料澆模某種古老工法建成的巨大結構群中，若將大樓想像成某一畫滿方格的正方形或長方形空間（一個賓果遊戲盤或井字遊戲介面），他在樓上為他的生活日常而憂慮，我在樓下亦如是。他於晨間返家，而我正欲離，當我在白日城市以密集勞力換取能繼續於大樓中保有那個空間，他正於我房間的左右上方作著無人知曉的夢（夢裡也是誰都進不去呢！），醒來後他出門我正歸，彼此交錯我亦不過是他夢外人，而他則是我關於城市這個巨大夢境中無數張模糊面孔之一。或者我們只是同樣醒在一個夢裡面。只是他又選擇再度沉睡。是為夢裡的夢。而日過一日，房間裡亮了或暗，但屬於他的那一部分，我們竟是再也進不去了。剩下來的人，只能繞過那些以炭以死亡塗黑窗玻璃的房間，且不時叩壁猜疑，那些黑暗裡曾經發生什麼事情。什麼時候，我們也將久久關上燈再不曾亮。

我也曾動了死的念頭嗎？

（好疲倦喔。）

（日日夜裡，縱然沒有炭燒煙燻，我的眼眶亦漸乾枯，像讓熱氣蒸灼而逐漸萎縮的植物，那裡頭血絲滿布如葉脈，不停不停的滲出水來。而光度越來越暗，我亦不曾垂首向陽，只想讓自己靜止在這裡，血脈抽莖沿脈覆蓋整個房間，就此不動。枯萎。）

我的身體也隨著大樓，逐漸衰朽了，走不多時便覺疲，還不到夜已昏睡。有時想，也許並非我住進這棟衰朽的大樓裡。而是大樓嵌入我們的身體。或者，我們的身體，其實是另一個大樓。那裡頭堆著炭塊熾火，亦正冒出致命的白煙。換去我們所有。

還是此刻之我，不過是以另一種死去。分別則是，樓上的房客以壯絕之姿宣告離別，而我漠然選擇以安靜的姿態相隨。

火苗漸弱。白煙未散去，炭熄。我們嘆息。

樓上的房客不在了。但那炭蒸出的白煙已隨耳語繚繞整個大樓。像讓炭煙圈攫獲住一般，我一邊抱怨著大樓，傳述那些影幢幢滿布暗影生霉的傳說，一如生活裡種種不堪觸碰的，卻依然拖著巨大的身軀，時間到了便自動回到大樓報到。沒有任何思圖改變的動作，穿過黑暗長廊，進入房間後，也不點燈，任憑牆上裂紋縱走橫斜，水經常不來，哪個角落傳來馬達聲鑽地巨響久久不息，壁紙因為滿溢的濕氣而剝落捲曲，露出後頭斑駁牆壁像一種難醫的癌。日光無從照入，住在裡頭始終如夜，讓人昏昏只想睡。卻又睡不安心，時不時驚醒，透過屍白青亮日光燈，老覺得門縫有白煙竄入，彷彿可以聽見身體裡流動脈管中氣泡啵啵響滅，氧氣被代換為一氧化碳。

愛成不愛。青春換來報廢身體。光成為暗。暗終入滅。

更多的時候，連出門都不想了，終日躺在床上，幾次昏睡朦朧間，總覺得，頭頂天花板上，逐漸滲出一個人形淤痕，卻不覺怕，只是恍然，有一種大悟的喜悅——原來你的房間是在我上頭啊！

（或者那只是另外一個夢，夢裡我該是我樓下的房客，看見的人形滯痕，分明是我自己。）

忽然有一天，我開始煮炭。

或者，只是偶然看到報上一則訊息的緣故。

那則報導大約是強調，竹炭有除霉去濕的功效。日本旅社甚至將大量炭塊堆放榻榻米之下，生化工業則以此製成竹炭水竹炭便當竹炭保養品面膜護膚……並將之奈米化，可曰之「炭世紀」的來臨。

喔，原來炭能奪人氣息，卻也能活人膚醒人腦嘛？

是出於某一種谷底反彈對於生的渴望吧。或者那其中隱隱含著「就這樣離開也不錯」的微微放棄？我從圖書館借來相關書籍，按照其上指導，選合適之竹炭，水添滿，滾沸後炭置其中，感覺其表面孔洞沸水竄湧，歷數十分鐘離鍋瀝乾，滿室是香，彷彿炭的前身竹子精魄於炭中來探我，瓦斯爐藍焰上黑炭塊，其中綠竿搖，豔中清涼碧色，火爐滾燙發出熾聲，炭塊悶悶作響，耳中有竹節輕叩，若說竹子死而換來炭，燃炭消亡其形體而帶走人身與人生，則三重的死亡中，滾水一沸，晾曬日乾，卻成吸納濕度清淨空氣的天然調節物，換來新生。

樓上有人死去。未來陸續有人會死，這世界有大樓正大規模的倒下，一座城市又一座城市傾頹，而我也正逐漸變成煙，但那時候，我只是安安靜靜的，持續的煮炭。隔水加熱，專注的守著爐火，守著一窗台濕漉漉炭塊待其乾。想日光不來，於是便卸下了窗簾，也細細將窗外攀藤撥離。白日光，黑金炭，背景是曬衣竿上新曬的白衣白褲，風一過，帶起炭清香，空氣裡張指難捉是微絲塵埃，不垢不滅，感覺體膚毛孔都張開了。雖然沒有親眼見到其中空氣濾淨過程，心中卻有另一種想像，像是把死亡的過程反轉，大樓是我延伸而出僵固的血脈，其中濕氣污濁分子也讓炭吸附住，炭活了。自活。

那樣專注，不問其他，也像一種燃燒。

一塊炭，暖涼我好幾季，而至許久之後。

許久以後，我搬離那棟大樓。到較為乾燥的城市過生活。那裡有熱帶線穿過，日頭距離地表較近，日照時間長，人曬久也像一塊炭，黝暗成金。

依然會遇到潮濕鬱悶的時候。彷彿有一具生霉發濕的人形重又逐漸浮出我體表，這些時刻，我都會想起那棟曾長期居留或者拘留的大樓，想起那段煮炭時光。彷彿那是一則之於我人生的大型譬喻，在我生命中眾多曾進駐的房間中，唯有那一幢房間的窗，厚沉不透光，無從看透，一如炭。總惹我投以長久的凝注。想從那裡頭看見些什麼。好黑。

好亮。

星期天像火車一樣撞來

星期天像火車一樣撞來，那時鬧鐘沒響，日光正好，這才足以讓人從床上驚醒。以為又已經遲了，一踩空就往床下跌，積累一整晚的念頭紛至沓來全沿著掉落的身體弧線傾：所以說拖遲的進度怎麼補回？行事曆上註記勾消否？飯局上這話要怎樣講得得體又不失委婉……揉著發紅的額，眉頭隨敞開的衣襬緩緩舒展開來，這才想起，喔，是星期日了，小街上叭噗聲遠遠漸近，一切太像迢遙的夢。只有這一刻，發現此前六天多真心在付出，也是因為這一刻，這樣熱燙燙的心，沒有誰要接，也沒有誰必要接，找不著地方盛，才發現一切都是自作多情，所以星期天清晨，誰都是太空人，很失重，多空，真是不習慣，乃至有一種莫名的倉皇，起身卻像逃，似乎頭前有火車大燈正迎面。

因為平日作息太習慣，所以現在反而不習慣。星期天像是多出來的。有點放，有點fun，想放縱，卻終究是星期天了，也不是週末夜有個完整的白日當斡旋可回身，那鬆開的心便微微的斂起來。不知道該幹什麼，杵在床前，來回幾次踱步，走再遠，還是重複週一到週五走到那張寫字桌裡的步伐，走久了，就有點不甘，很怕自己最後哪裡都沒去，其實都在放棄。

星期天也有振奮的時候。振奮多容易，覺得自己還有餘，得了空，例如一整個完整的星期天，這還不能完事兒嘛？心跳都生猛起來，覺得大有可為。所以也在星期天的時候，容易萬事成空，就是因為時間太多啊，想妥善分配，流理台擦擦，書櫃上挪挪，這裡也做一點，那頭也配發一些，很多計畫，無數個開頭，都在拖磨。星期天的時候，有餘變成很多剩下。我們活在自己拖延的痕跡裡。星期天不是一週的結束，也不是一週的開始，它就是星期天，還不到尾，又開了頭，而我自己是自己的零餘。

星期天的時候，特別明白絕望的形狀。只要隨便一家咖啡館就可以。出發前對於星期天的期待都體現在背包重量上，放進去的東西一加再加，路上彎彎拐拐，每闖進一家，連鎖也好，私人自營完全照夢想中擺設鄉村風的未來無機質感的也罷，你肩膀一抖以為自己是夜裡負笈趕路的書生，這會兒可稍稍卸下重擔了，但當眼前煙霧微微散開，空氣裡的苦，杯盤上盤旋褐色的香，所有人定睛看你，像是完美構圖外新添進一筆，但也僅僅是那樣一瞬，空氣裡被你撞出的凹陷又恢復原狀，他們的眼很快被對座彼此占滿，你發現，一切事情都沒有隙縫，大家都配好了，一只杯子配一個碟子，一只椅子一張屁股，叮叮噹噹，銀匙敲碗，啊，又一間咖啡館滿座。那時真絕望。絕望得甚至讓你生氣起來，因為，著實沒有可以生氣的對象啊。大家都安分守己，都好好在自己的位置上，不早來不晚到不占位，連彼此手腳都靠得緊緊的，很謹慎的自得。找不到人可以怪，沒有誰錯了。可沒有誰錯，為何就是你沒有位子？絕望最完美的形狀就是星期天一間滿座了咖啡館的形狀，很輕，很完整，你嘆一口氣，又一口氣，門上鈴鐺叮咚一聲一再在星期日最好的時候響起。

總是那一刻，我無比清楚的明白，我這一生不會被任何人所愛。也不是不幸，也不是幸運，世界就是這模樣，沒有位子了。他們都配好了。我是多出來的。

但就是有那麼一點不死心啊。總希望有一家能剛剛好容納我的咖啡館，它要像星期天那麼大度。但一切終究只是像星期天那樣，也就只是這樣過去了。

過了越來越多星期天，睡起來的時間越晚，夢裡越記不得，對好日子的描述，最多也就只能像是星期天，沒有其他一天更像了，但也就只是像而已。

終究，星期天結束了。什麼事情都沒做，總是到上床時忽然生出小小的懊悔。星期天的時候我們多像少年。少年也是一個星期天。就是那時候，肌肉緊實，眼神警醒，大把時間，覺得什麼都可以做，所以也就什麼都不想做，太多選擇，沒有選擇，我們經歷過太多少年的星期天，也曾經是星期天的少年，最後都是自己癱瘓了自己。

星期天的存在是合理的。做什麼都合理，不做什麼，也是合理的。所有的浪費，聽起來都合理。我們都在星期天的時候感到懊悔，想改正。但最後到來的，只有下一個星期天。

我在浪費我自己。你在浪費我，有時是刻意。有時只是自然而然。

明確知道自己擁有星期天後，我們終究失去了星期天。

你則永遠失去我。

一切像火車一樣撞來，也終究像火車一樣駛去。

輯四

一個人的盛世

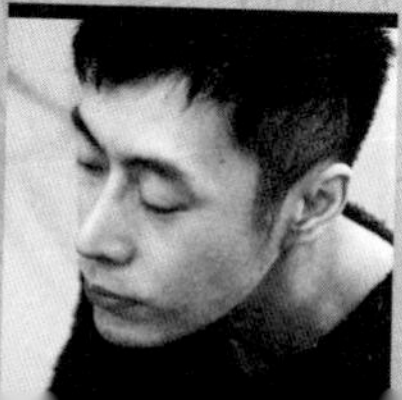

世界末日仍會到來

現在只剩下他一個人拯救世界了。

他成為這顆星球中最早看見未來的人。可能是由天文台（關於隕石撞地球的電影開端，在哈伯望遠鏡鏡頭之後，觀測者眼瞳殘留一道紅光射線），或於網路上偶然發現規律訊號（外星人入侵的電影中，訊號被埋藏在傳輸網路裡，零與一的組合，一張一張印出的黑影Ａ４紙可以拼成更大的圖案……），乃至是自然界某個忽微而未有人知的徵兆（月亮似乎太靠近地球、廣場上的鴿子都死了、國家公園的硫磺泉忽然燙熱、頻繁的地震與極光……），總之，在那一晚，他忽然明白，外星人要來毀滅地球了。

幾秒鐘之內，那些描述「世界末日」的類型電影，已經在他腦中快轉好幾遍。身為在影像中長大的這一代——因為看了太多電影而提早知道結局——他立刻明白接下來會發生什麼，他本想寫信給國安局或是國防部，但按照這類電影邏輯，「主人翁提出警告卻被當成精神病患」。他也可安排親人避難或是聯絡好友，但電影亦已告訴觀眾，「沒有人會相信你」。那些早已有結局的電影都成了預告片，提前告知所有的可能。到此刻他身上才是正片開始敬請期待。

他了然，按照這類電影的劇情，自己只剩下一件事情可做。

那就是，「一個人拯救全世界」。

這依然是電影的通俗橋段。但問題來了，他並非如電影中主角，是某位精通高技術的科學家，也不會編寫病毒碼或操縱太空梭，甚至，他可以拿出來誇耀的，大概只剩下看過大部分關於「世界末日」的電影，並且堅持正版等瑣碎小事。

於是，他一個人盯著窗外那片隨時都會陷入火海或成為一個坑洞的城，像望著一張電影銀幕似苦思著。

外星人母船接觸大氣層之前，他終於想到一個好方法。

那就是，他決定把這些「世界末日」的電影橋段傳送給外星人。

他一邊將剪輯好的末日電影片段上傳到影音網站，一邊將這些網址以封包的方式發散到宇宙之中，希望外星人能如數接收（希望他們也有看免費影音網站的習慣）。一邊在腦海中盤算著「一個人拯救全世界」的計畫。

此刻，他腦海中且浮現那些電影的場景。首先是自由女神像，然後是帝國大廈、白宮或林肯紀念堂，隨著鈷藍或銀白射線從高空直洩下，那些帶著時間痕跡的建築細部，會在爆裂的瞬間以慢動作停格處理，之後一切快轉如花瓣迸放，在光與焰，煙硝與哭嚎聲中，人群如蟻散……同樣的場景適用於東京或巴黎鐵塔、萬里長城、比薩斜塔還是羅馬競技場。也就是說，電影使用了「象徵」的手法，部分代表整體，以破壞全球各地知名景點的方式，暗示那個國家或是地點已經被入侵或毀滅了。

且一一細數，你看，這些電影中，白宮被摧毀了五十次，帝國大廈四十五次，羅浮宮十次，布達拉宮兩次……

他想，如果，外星人也是看世界末日電影長大的，並且一如他這代人類，真心相信電影……

如果這些電影成為教戰手冊。外星人按照這些電影來毀滅世界。

如果世界末日的電影成真。

那就代表，電影沒有被拍到的地方，便不會被毀滅。

這類電影中，從來沒出現過台灣。部分代替全體，台灣就不會成為外星人毀滅的目標。某方面而言，他生存的世界算是保住了。雖然不是拯救整顆星球。

那個夜裡，他夢見末日，外星人按照電影指示，毀滅影片中出現的所有景點，地球上只剩一座從來沒在電影中露臉的小島，在初生的晨曦中，地球上最高的山變成玉山，世界人口最稠密的地方是新北市，最後留下的語言只剩台灣國語……

他醒在寒涼帶露的夜裡，一開始還不明白自己身在何處。在他身邊，電腦主機嗶嗶答答持續發出雜音，窗外則是那座未來將倖存的島嶼一景，人們在那裡會挽著另一人的手去看一部接一部推出的世界末日電影，在The End字幕跳上前將爆米花擲往銀幕並笑說「又浪費幾百多塊看一部爛片」，然後各自回家等待下一個並沒有不同的早晨。一天又過一天。

沒有其他理由的，他忽然想到，自己是一個人。電影裡星球毀滅了一百次，縱然他拯救了世界。世界上還留著一座孤獨的島嶼。但島嶼上還是他一個人。

他忽然感到一陣深深的憂傷。

（始終，是我，一個人……）

而世界末日的相關影像仍然在廣大的宇宙中飄流。等待外星人收看，信仰，成為指南。

第二天起床，他成為一個新的人。

他做了一個決定。

那就是，開始拍攝世界末日電影。

這一回，他要拍攝一〇一大樓、總統府、赤崁樓或是什麼的。讓它們全部都像拋擲一顆南瓜似炸開在牆頭在地上四分五裂。然後，上傳到宇宙之間。總之，他想要告訴在很遙遠的宇宙邊緣也可能很孤獨的外星人。

Hey！我在這裡。

然後，他會又一次，第一次拯救這個世界。

嘎滋嘎滋

那一陣子，復古風潮鋪天蓋地而來，在那樣一個時光復返招來的時光中，再不是印象中的紅茶搭配小蛋糕，或是在歐式鏤空雕金邊之圓桌旁翹著小指俯瞰正陰雨的盆地遠景，有這麼一天，我媽媽千里迢迢，帶我們穿巷過弄，走入那像是時光亦倒轉的寂寂小巷，去喫一次據說正流行的「復古餐廳」，要我們一起重享當年美好的「點心時光」。

就當作回味，不要客氣，有感覺的便盡量點。我媽媽在進入店門前這樣海派的告訴一家子。之後我們坐在那種由木板條拼裝起的桌子前，圍著凳子，身旁環繞據說都是我老爸母輩的那個當代：彈珠汽水、香腸攤、十八啦邊緣缺角破碗公，以及冰果室照相館之類以針筆體勾勒充滿巴洛克風格之雕金字體招牌；我媽媽端坐其中，用一種哀怨的口吻，正掐著一張豬肉條，優雅的用手撕著，撕到一半想了想，低頭用嘴就著咬開，據說是要感受那種牙齒牽絲扯不斷，必須如肉食動物般口手並用使其筋肉分離之爽快感一口勁兒，然後淚眼汪汪的告訴我們，就是這種韌度啊。那牙齒像是陌路遇見熟人似，亦哀哀作疼。

我媽媽口裡咀嚼著那些早榨乾了缺少水分的肉質纖維，發出微細聲響嘎滋嘎滋。

你看，還有那個色素啊！我媽媽搓著手指，指尖上豔澄澄，我媽媽頰上亦是紅撲撲如戀慕中少女，換成是我們一般吃個東西搞成這樣，早讓她尖聲一掌拍掉了。

我搓著手諂媚的貼聲附和，像是要為老媽助興似，配合著演出：對喔那個時候……

話還沒說完就讓我老爸硬聲喝斷，他說小孩子不懂莫要亂說，但他亦是兩眼放光注視著面前玻璃櫃裡展示之錫皮機器人，一張嘴塞得圓鼓鼓的，裡頭含著一種據說叫做辣橄欖的零食，吃得一嘴紅，連同眼眶旁兩輪，像讓誰用紅筆在臉上隨意圍了三圈。之後他不再說，滿嘴是果核碰撞齒齦之聲響，嘎滋嘎滋。

必然是一種集體催眠作用，望著我的親人們彷彿動畫《神隱少女》中那誤食異界食物，陷溺而未可自拔，終而變成豬身卻不自知的老爸老媽，我既是擔憂也心羨，亦想找個舊來懷。

好不容易才讓我找著所謂王子麵，這下我也找到我的當代了，正要撕開包裝，卻讓我弟我表姊們一把搶走，他們用一種拿著銅鈸的猴子玩具那樣的神態，手掌一拍一闔，沒打開外包裝袋子，徒將王子麵放在掌心這樣敲了敲，之後手掌上下搓磨，聽塑膠材質包裝袋發出沙沙聲響，以掌心感覺內容物之精粗，點點頭道聲成了，始然撕開，將裡頭所附調味包雪粉冰晶那樣撒下。瞬間空氣中飄散著一股味精混雜胡椒的味道。

這才是道地的王子麵吃法啊！我弟我表姊將細麵倒在掌上送入口中，還不忘舐舐手指將殘餘的調味粉吃下，幾個人吃了一嘴渣，嘎滋嘎滋響。

比起他們堪稱儀式般的進食方式，我想我確實也不屬於王子麵的世代，於是有些抱歉的望著身旁小我一輪的姪子傻笑，對他說，真糟糕這裡沒我們的位子耶！

我姪子含糊不清的說，怎麼會呢？他手上拿著美式零嘴呈三角形狀的起士洋芋片，正一張又一張送入嘴中。原來店裡怕新一代年輕人沒有舊得懷，也賣起這一年代常見的零食食玩。

我那小小的姪子亦是不缺他的當代，而且他的當代將要持續很久。於是他用剛換新的齒，示威似嚼得震天嘎滋嘎滋響。

空氣中共鳴似充斥著一種無言的交談，嘎滋嘎滋。我親愛的一家人在所謂的復古風潮中，藉由「打亂時空順序」，在那個王子麵分明比豬肉條近代，起士洋芋片和王子麵比誰比較年輕的錯亂譜系中，去時間的，不管是哪個世代什麼樣的古，通通坐在同一張桌子隔壁，既個人又集體的，陷入一種吸毒似酩酊酣醉的幸福感中。

我望著那彷彿浸泡在羊水一般黃金光輝中的一家人，忽然想起，我們一家，可從來沒什麼「點心時間」啊！縱然他們曾經歷那些個當代，但家裡向來不作興吃那些零食的，怎麼這會兒，忽然人人各有所感的，為了那些自己不曾經歷的虛幻時刻而感激涕零？

像一種表演，卻又因為身在其中而自覺豐足。

點心時間就要過了。我看著牆面上亦是仿古而有鐘擺垂懸的大鐘，那之後我們就要各自回到自己的當代。並且安慰自己，未來的那個世代，就算未曾親身體驗，卻是連回憶也可以製造。我們一家人淚眼汪汪塞進嘴巴裡的，又豈是自己的「私經歷」，而是把過往眼見耳聞的年代加工封袋，真空包裝在此刻拆封的高科技消費體系。

我咬著自己的手指，發出嘎滋嘎滋聲。

我想，而我是連一點可憑藉記憶之物事都沒有的人。那我能夠消費，唯一能啃食的，恐怕也只有自己了。

嘎滋嘎滋。

七宗病

人有七宗罪，便有七種淪落的可能。我不知道所謂的罪是否亦適用於貓身上，但我確知吾家有貓亦是犯了罪的，若可能，我親愛的上帝，我但願我能代替吾家之貓向您懺悔，尤其是當牠被判定患了尿結石之後。我不知道這樣的禱告是否源究於華人獨特的條件式悔罪觀，祈禱與膜拜之際於謙卑語氣之上所使用總是條件子句與附加句型，諸若「如果您能使……那我便……」、「只要你給我□□□我就○○○」，以至於滿堂嗡嗡迴響之祈願宛如證券所正交割或是拍賣市場那突拔而起之殺價喊數。

第一罪是傲慢，最為原始且易招致。源究於我們始終以為比他人優越。比他人為大。比萬事萬物為大。由這樣看來，吾家之貓確實有罪，牠由出國在即而急需托養的前主人手中交付我手時，表現不似失土流離之難民，反倒像頭戴小絨帽避暑度假的貴族後裔，只見牠貓蹼輕蹬響脖上銀鈴昂首而來，貓鬚昂挺且目光從不落鼻頭之下，比主人為大，比一切供養其生活者為大。換了行宮而猶然於偏安一地稱王。此後便是吾家末日，我像是一弄臣屈膝弓背但願承其歡顏，供其基本生活之所需，而牠始終不饜足，「暴食」亦為七罪之一，我親愛的上帝，我彷彿成了古老年代鏟煤的軌道工人，揮汗黑了臉將飼料魚板塊一大匙一大匙鏟入牠規律張闔的一張嘴中，見牠雙目灼灼放光成車頭燈，肚腹始終熱著厚著持續運轉，飆馳其漸胖大如加長車廂之體軀於屋內左右飛馳，而牠必然要更多，「貪婪」亦為罪，滿足口腹之餘，尚要美屋一座，玩具若干，亦曾偷空離屋狎妓，學那古文人風流，也去招惹隔壁家貓貓狗狗，撕了爪傷了臉才肯罷歸，「色慾」與「妒忌」亦為之罪，吾家之貓舐著未痊癒之傷，且還為此齜牙嗔叫著，「暴怒」之為罪，一步步登上牠的寶座我的電腦桌前，將自己臥成獅身，而貓臉如人面，瞇眼呼嚕在靜默的夏日時光中，等待牠的主人亦是奴僕跪起雙膝奉上最新一餐，也由此完成最後之罪「懶散」。

則罪必有應得。貓有七宗罪，便有七宗病。我親愛的上帝，我不知道這是否是吾家之貓所受的懲罰。那日牠又養傷在家，許是一時恨意浮現心頭，又是一陣暴怒，利爪張出成旋風，於房內刮掃一番，待我聞聲進入房間一探，這次罪也不知該算是「貪婪」或「暴食」，我驚見牠嘴啣黑不溜啾一小截如鼠尾，當下心頭一動，飛身撲過從其口中搶出，卻是我所繫項鍊上之牛皮繩半截，則按常理推敲，消失之項鍊本體，恐怕已讓其吞落入肚。彼刻我心中浮現，是從網路由同是貓僕貓主人之友口中親聞，貓因為誤食而付出代價之案例，包括貓誤食巧克力導致可可鹼中毒，或因吞落塑膠繩使腸胃糾結而亡……我相信那些貓多怕乃屬無辜，但吾家之貓可是犯下七宗罪的啊，於是有此病，我且抱著牠星夜趕赴醫院急診，一邊在腦海中拼湊項鍊之材質與進入貓體腔後可能產生之化合作用與變化，諸如金屬材質之銳角導致胃穿孔或食道破裂，迷彩塗料部分造成重度中毒或是病變感染，因為罪而導致病，有病而致死。

深夜的急診外科空涼涼只有我一人，吾家之貓猶然自得，啟余手啟余足好整以暇舐著自己的手腳，我們X光也照了觸診也做了，就待那黑黑一張X光片宣告吾家之貓的病，斷牠的生死判牠的罪。我親愛的上帝，我因此祈求你，我無法想像失去吾家之貓的日子，我心憂且不無震怒的瞪著猶然揮動胖大手腳的貓兒，心頭恨恨想著，也許飼養了牠，便是我的原罪，而要以憂心與夜裡的奔赴以償。

醫生著白袍亦如法官，或者所有適合宣判之人都該是白色的。吾家之貓亦是白貓，我不知吾家之貓是否也為了宣判什麼而存在。醫生潑水那般抖出X光片時，我輕輕遮住貓的眼，不願其親見自己死因，而但願牠能在閉眼之黑暗中看見自己的罪。奇怪的是，X光片顯示，吾家之貓的胃部滿布待消化之食物，黑壓壓一團卻唯獨不見金屬光。醫生且說教似要我將項鍊等細瑣之物收納好，別讓貓有可乘之機，並要我安心，貓並沒有吃下任何異物，可能只是將項鍊叼去哪兒藏了，我正要鬆口氣以為吾家之貓的罪不足判，醫生手指一動，指尖劃過其胃部更向下走，其曰，胃沒有問題，但膀胱的部分，卻意外發現了結石。這可是要開刀的啊！醫生輕聲說，之後是一連串成因的推導，或源於體質，或因為暴食，又或因為食物造成……

所以貓的苦難並沒有結束，我兩眼迷茫聽著，耳朵嗡嗡有聲音旋繞。我親愛的上帝，若說有七宗罪，便該有七宗病，而吾家之貓避過了腸胃穿孔之險，卻只是病之一，而後尚有。但我所思及卻是，這果然是肇因於吾家之貓所犯下的罪嗎？或者那些罪，竟是我所犯下，無限制的提供食膳、無能管教任其妄為、顛倒主客上下關係，而貓又有何罪？若非我生活習慣不佳謂之懶散，導致其有可乘之機，又怎麼會有誤食這一番虛驚呢？而一切乃源於我的傲慢，比貓為大，比管理一切者為大，我以為我能，而其實我不能。我且連我自己都無法超越。

我親愛的上帝，我有七宗罪，而使貓有七宗病，又或我唯一的原罪，乃肇因於愛，我無能控制我所愛，以致愛而成病。則若愛為病，且予我長期控制療養之方，不使其痊癒，而終生有纏疾之苦。而若愛為罪，我甘願受，而請他人不必因我的愛而受罪。並因我之罪而得適量之愛。

以吾家之貓為名。

索引

後來，便陸續傳來，我在城裡各地出沒的情報。一會兒說我出現在城東，孤身隻影，也學紐約街頭人人搭一件灰絨棉芯或安哥拉羊毛長風衣，留下腰間粗腰帶不扣於是身後搖曳多了一條尾巴。「就是套著雙球鞋有點不太協調像是披著睡衣來買消夜。」也有說我某日在西區，三叉街口大型電視看板下獨立著，穿原宿正紅火之迷彩紋鯊魚嘴外套，特色是後頭拖著的帽緣上有膠版紋路，一紅一白豔豔穿插，兩頭拉起來呈梭型便活像鯊魚頭咧著嘴，「可惜版子不夠挺那帽子總是塌軟軟，海獺擱淺似的。」或云我在城南某某咖啡館直坐到夜深，看什麼書沒有注意，倒是原木桌下伸長腿幹露出腳踝處襪子，一腳白一腳黑，錯得那麼坦然讓人不由側目。

我每每在「那一天我看見你在……」這樣的親切熟稔的問候句中抱頭苦思，想我確然在某日某時行過城裡某處否，人們言之鑿鑿，流言以城市地鐵更新的速度，緩慢而確實的擴張，似有若無，熟識的人們描述我卻彷彿在另一座虛構之城，或者顛倒，有一座真實之城而穿街走巷則是一虛構的我。

或可以問，何以見得那會是我？因為相近的身形？（一米七〇，這座城市裡的標準身高。無絲毫分辨力。）或是類似的髮型？（調查顯示，城中二十五到三十歲的男性髮型趨向保守，髮線後退與否往往比髮型更令他們懊惱。故無能證。）乃至是熟悉的腔口語調或是身體姿勢（事實是，在這城裡的所有語言只會被分為「挺我的」與「不

NATIONAL
GEOGRAPHIC
125

挺我的」）。是以這些都不足以成為關鍵性的證據，但朋友們用一種深夜類戲劇實案節目裡頭常見的，「李組長眉頭一皺，覺得事情並不單純」之語氣凝重的下結語，真正的原因是，是因為你的穿著。

就是哪裡錯了的，不那麼精準的穿著。

第一眼看分明是一種完美的複製，像是全套從雅痞雜誌、外國電影時尚海報或是百貨公司櫥窗上對拷下來的，這一季正風靡的流行。卻總是因為整套服飾語言中某個關鍵的逗號或頓號弄錯了（一條皮帶？褲管的式樣反摺？立領與否劍領海軍領結？或者美國西岸嘻哈寬口褲硬生生套上英國學院風外套，像是被人詛咒的混血兒），導致整套服裝在街頭的時尚語言中成為一則髒話。穿錯了衣服，或穿了錯衣服（他們說起在夜市看我穿成套西裝正試圖跳過水坑的焦灼模樣，或國家音樂廳門口死命用褲管遮掩住拖鞋好通過驗票那關），要嘛穿了錯，不然就是將錯了穿，但不穿也是一種錯。他們總結，這樣不精確的錯誤反而成為辨識我最精確的證據。

以此為索引。勾勒我在城中出沒的行跡。

我不知道是該先針對我糟透了的服裝品味抗辯，或就我穿了錯誤的衣服在錯誤場合出現而反詰，乃至深究自己有否出沒於他們所描述的地點進行辯駁。但我以為，在這整套我出沒於此城的索引中，存在一個關鍵的，足以反駁上述舉證的破綻。

那就是「孤獨」。

何以在這些描述裡頭，關於我，總是「一個人的」、「孤身」、「獨站獨坐」？事實上，就我記憶所及，這一季，我最終出沒於彼地點，總是與「你」在一起的，成雙。

（證據之一，想初識之時亦不過初來此城，彼此都裝得好熟好熟的，熟這座城熟悉城所建構的形象包括時尚娛樂軼聞與鬼故事，也順便熟對方底細似，其實回家看雜誌背誦指南順便將彼此的名字鍵入Google，真正融入的方式也不過是看著百貨公司外模特兒將自己包裝成城裡人，但不知為何這些塑膠人兒要嘛只有上半身，要嘛到了腳踝處空空如此剩下過長的褲管空蕩蕩，乃至我們總學不道地也不「到地」的，不知道，那最緊密貼著這座城土地的，該搭些什麼，又該答些什麼。每次逛街，我倆於櫥窗裡印出的倒影總與裡頭相符，就是櫥窗納不到的，一穿一整年的球鞋為我身分洩了底。）

（證據之二，相處也有一段時日，你贈我以書，而我饋你以衣，都按著理想中的方式想改變對方，於是我腦裡記憶了些你該讀過的文字，而你身上出現我調配的顏色。而彼此以為那是對方欠缺的而理該填滿，後來才發覺，不過是想把彼此改造成另一個「自己」，兩兩一起出現像是雙胞胎，或者照鏡。而之於城，也不知道，是城想改變我們，或我們把這變就為自己的城。）

（證據之三，後來你不買新的衣服了。也不過撿我舊的穿。穿什麼都不打緊，拖鞋短褲汗衫也無不可，你追求本來就是其他。而我仍在找我想要的，當然說的不只是穿著。但我們倆穿得那麼像那麼雷同分明活在同一城，卻又彷彿隔著城牆。）

（證據之四，這是最關鍵的，最足以辯駁那些描述的證據了。亦即是，後來，我們分開。）

（我再沒出沒在我們曾經那麼相熟一如另一個情人的城市隱密處。）

則何以人們說在那見過我？

若真有見，也該是從前，也該有兩個人。兩個都是我，穿得像我也就是我的人。

或者，人們所見，其實是「你」。

（或者，人們所見，真的是我？）

他們實而可見的，是你從衣櫃裡所帶走一半的衣服，隨衣附贈是我糟得無以復加的穿著品味。

（他們時而可鑑的，是我衣櫃裡還剩下的那一半。而我再怎麼出外採購新置，看起來總是空空的，無論是裝衣服的，或是穿衣服的。）

是這樣一座，衣櫃裡壅擠的小城市。

（是這樣一座，城市裡寂寞的大衣櫃。）

一半又一半。失半的，失伴的。

合成一座城。

是為一則索「隱」，明裡是我，而暗願是你。以你的在場見證我的消遁，從虛空裡召喚，所見是我，所見實不是我，所見縱然是我，所見也不是完整的我。

有時我不免想，此後我或將在此城終老，一生必然將遇見無數的你，有無數次的分與合，則若每一會，你都帶走我一點什麼，而人們皆以為那是我，則會不會，有一日，這座城，會被我的複製人軍團占領，彼刻大軍壓境，他們掠城攻地，以釘爪鉤從世界最高的大樓上垂降，包圍總統府外廣場與大道，與抗暴警察隔鐵網相對，倔得不得了怎樣都不言退。把城塞得滿滿的，卻又這麼空。

（何以在這些描述裡頭，關於我，總是「一個人的」、「孤身」、「獨站獨坐」？）

（或有萬千個人，則我獨願為你伏首，降城以獻。但換你回頭。）

親愛的，不知道，此刻，你正在此城何處？這一季，你是否也正遭流言所擾，都說有人看到你，出沒城裡各處，一如倒影。

也不知你是否會因此，稍稍想起我來。

而我但願你這一季安好，於此城。若冷鋒又來，但願那件風衣能為你擋寒，裡頭棉絮還殘存我舊時擁抱時的壓痕。而如若鯊魚頭外套又被看出是夜市A貨，也無須驚，必然有人願對你說上這樣一句：「衣服太軟，我挺你就好。」則無論你今歲又添何衣，穿何鞋逛何街，我願你總能成雙的，有一對花色相同的襪子，有人陪你穿同一種鞋款，穿成套衣飾，無論是否還是那樣糟透了的品味，或者在錯誤的地點。你知道的，一個人穿錯總是那麼孤獨，而如果有兩個人穿錯，至少可以成對，「成對」。

哪一天若流言止息，你不復聞我或我不復聽聞你的音息。就是我已然定下，便在此城，而但願你良人有誠。且佳期有成。

一個人的盛世

現在越來越能習慣獨處。很多事情總一個人去做。當然我不是說兩個人或是更多不好，我也喜歡那些深夜忽然的邀約和咖啡館蒸騰煙氣裡的競相吆喝，到天明欲散，一小巷子裡彼此拉遠的影子幾次回頭總能和對方碰到眼，若不是說好了齊轉身，就是一直把對方給看在心裡。這樣說來，我小時候真的好羨慕那些下課勾勾手去上廁所的女生，至今我仍然困惑為什麼有人一生總像在盛宴之間趕場跑攤，有人則若孤鳥獨枝老落單？於是我的整個青春期都像是在進行板塊運動，這裡擠擠那裡靠靠，就算再怎樣堅硬的碰撞，激出熔漿來，還是想找個人湊合一下。

說到底，什麼事情適合一個人？我和朋友快問快答，一個人的話，適合去搭慢車。

夜間散步。看很害羞的病。到咖啡館讀一本擱懸很久的書。聽一張新買的CD。煮一鍋兩人份的肉醬還是滷汁，只擺一人份碗筷，吃得完是豪奢的放縱，吃不完至少知道還有一個人的明天。

那很多人呢？也許是一場電影。換季時折扣戰。步行到小酒館淨講些垃圾話。街頭籃球。吃有煙囪冒煙的那種羊肉火鍋。一場群架。或在海邊圍一圈燒那受潮老點不著的篝火，隨著夜裡坐大的白煙中再次確認彼此的形狀與溫度。

但這樣說來，很多一個人的事情，兩個人一起做的時候好像更開心。但很多兩個人做的事情，我現在可以一個人做了。我不知道之於一個人的承受度是否和投入運動的時間長短有其正向比，我記得剛開始運動的時候，真的覺得時間好難捱，游泳池裡每對游一圈便覺得池面更大了些，跑步時務必要在跑步機之上，如果沒有儀器前頭架的電視，我真不知道在那手腳大幅度晃擺的時間裡，我該把大腦擱在哪。

但現在我可以一個人運動了。甚至一個人運動更好。一個人去跑步。一個人游泳。我還是不知道該怎麼安放我的意識，但過去覺得是耗損的，現在忽然覺得彌足珍貴。我越能享受那種空白，享受因為空白而帶來分明還有諸事待理的焦慮，以及焦慮的猛然空白，似乎只有透過這樣把自己逼近臨界點的懸置，覺得自己在那裡了，又好像不在，才能真真切切的，感受到作為一個人的存在。就算只有，一個人。

秋天開始的時候，又到了這座城市舉辦影展的季節。現在我很習慣一個人去看電影了。然後走很長的路回家。我會仰面呼吸涼涼的空氣，腦海裡閃現剛落幕的光影片段，並試圖重新組織它的故事肌理，在敘事層和比喻層之間來回穿梭並對接出種種作者欲言卻深埋的線頭，雖然那不是多麼厲害的事情，甚且很多是過度延伸，但每當一個完整的模型浮現在我的腦中，線條既對應又和諧，似乎可以任意翻轉並多角度窺探出更多點與線的對應，我會為那豐盈的一刻而感到無比美好。彷彿已登臨自身演進的進化高峰，借曾入眼影像為素胚，瓷盞窯燒或澆鑄唐三彩那般，任自身智識與情感在上烈火窯變且淋漓流豔，成就只有一個人的盛世風景。但一方面，又不免覺得自己是脫出太空艙的電腦晶片，無論內建記憶體如何高速閃動運作，無奈電纜已經鬆落，所有迴路線圈全都脫節閉死，那內裡再如何豐盛，也只有我一個人知道，我一個人。

很奇怪的是我有幾段戀情是在這種時候開始萌芽。我記得某一任戀人所描述注意到我的原因，他說，電影散場的時候，看到你的表情，忽然覺得，我自己一個人真是寂寞死了。真應該跟像你這樣的人在一起。

下一個日常

我二十八歲。我失戀了。這幾天我過得不太好。有一萬句話要對別人說，卻怕人問起。醒著的時間更多，但不比睡著時清醒。想把自己裹得密實，又不敢一個人躲在房間裡，只好往人群裡擠，在咖啡館裡，在速食店，反覆磨牙把吸管咬得扁扁的，臉頰都縮進上下齒間那樣誇張的啜著空杯，不知為何覺得自己才是被抽乾的那一個。依然覺得吵，卻吵到終於可以安心趴下來好好睡一下，暗暗希望醒來時候一切真的就只是睡著了。會有人用很熟悉的聲音在耳邊叫我的名字。一個字一個字，細細的念。

我清楚感覺到「日常性」的存在。在便利商店拉長的隊伍中。在郵局的櫃檯、在銀行那個分明前面只隔一個人卻東扯西拉詢問表格上細項的連環話語間，在深夜拉長了班次間距的公路站牌前，忽然空出來的時間像一堵橫亙面前的白牆，光站著，就有一種沒來由的焦躁。

如今「日常」正向我加倍索償。我在想，那是否是因為，我們在相愛的時候，刻意排除「日常」介入的關係。取而代之是「戲劇化」，我們總愛講求緣分，偶然就是巧合。邂逅，刻意的不由自主，每一次見這麼剛好都是擦肩了才注意到對方。設計，更多的設計，睡著的頭自動落在他人肩膀上，醉話裡恰好吐露深藏的告白。驚喜，第二個驚喜。擁抱和旋轉。接吻時槓桿原理似往哪邊倒了另一頭就要跟著勾起的腳尖，自然閉起的眼睛。還有註定的爭吵與分離，必定是淋落的雨從髮間落下，路燈下拉長的身影和猛然關起的房門。以及那一句總是到了最後才會說的「我祝你幸福健康」，頭也不回往前走心裡卻希望倒數三二一就有人追來攔腰擁抱。這一切像極了電影或是小說，延宕的等待是為了配樂聲響漸大的結局時真相大白，情理之中，意料之外。那些我以為愛著的時候，高潮迭起，沒有日常，就只有戲劇，或是戲劇化。

但奇怪的是，並不是愛的結束讓幕掩上，常常，分開後才是聚光燈打落的起始。

後來，我們共同的好友A來訪我，我想起你留在我家那件外套，便託他轉交。那簡直像個儀式，我珍而重之把外套從衣櫃裡請出來（天知道它幾天前還不過掛在椅子上讓貓臥著），大張旗鼓把它攤開不過是為了將它再扣回去。一個釦子接一個釦子，越扣越是慢，那時才發現，要做好這件事情真的很難，每個釦子都要準確塞進另一頭隱密的縫隙間，溯中線而上過腰而上，這裡是他的胸。這裡對齊他的肩線，再往上呢？就真的沒有然後了。一件衣服扣了十幾二十幾分鐘，好不容易剩下頷口那一枚，一雙手竟不停發著抖，抖到釦子總咬不進。A說，讓我來吧。我則激動吼著，只有他一個人能把這一切解開。

「為什麼你什麼事情都要弄得像是演戲一樣呢？」《愛的倖存者》裡無緣的戀人在告別前質問對方。現在我已經弄不清楚了，是因為愛，所以刻意戲劇化，還是因為如此戲劇化，我才感覺自己完整體驗了愛。或者我以為，那就是愛的本身。這是我們這一代愛的教養。

有一天早上醒來，初冬的空氣涼涼的，有斜斜一道光從窗戶打落，依稀可以聽見水平面下方路過學生的吆喝，還有毛毯讓日頭燙暖了曬久的蓬鬆味兒。我忽然想起從分開那天就沒收進來的衣服。赤著腳披著毯子趕忙去陽台上搭救了，把它們分類，攤平，確認熨斗的溫度後，噴上水，一件一件，耳邊傳來纖維嗤嗤燒熱的細微聲響，用尺量似的，將它們壓出筆直的線條。

祕訣在於按壓的時間還有熨斗行進的方向。

那樣的專注，好像可以隨時離開座位，卻又沒有一刻可以鬆懈。

忽然之間，我知道，這也是日常。

我二十八歲。我失戀了。我仍然像十八歲時一樣的痛，時間沒有讓我變得更堅強，每一天我都抱著疑問醒過來，知道這不會是新的一天，像我喜歡的電影台詞：「事情為什麼總是越來越糟？為什麼總有什麼出錯？」我不知道未來會怎樣，我還想念你，正如我沒有準備遇見下一個人。但那一刻，只有那麼一刻，我知道自己曾經那麼簡單又輕易的，把刻意扣到頸子的釦子打開了，那麼日常。

〈後記〉

全世界的錦榮都站起來了

錦榮不會出現在九〇年代。那時的偶像，小虎隊、草蜢、孫耀威，最遠所抵不過香港，四大天王，影視娛樂分明一個造夢的行業，其實最踏實，連夢想都很保守，清一色黑髮中分頭，多誠懇，偶像都是鄰家男孩。錦榮高鼻深目，混血兒，超過想像的規格，娛樂工業還無法確認一個有效的工法或故事說服我們該怎樣愛他或被他愛著，所以錦榮是無法被慾望的，他分明在九〇年代長大，慢慢隆起胸膛，抽長出鬚髯，但卻稀薄得像影子。錦榮是九〇年代的夢，只會出現在租書店羅曼史裡，少女少年夢裡或者有他，轉角就撞見了，要仰頭看的，臉在逆光中，寬的胸背，投來深深的凝視，醒時惆悵如遺夢，有時夢遺。

後來錦榮和天后蔡依林在一起了。九〇年代過去，新世紀天后再起，從鄰家小女孩成為國際唱跳巨星，很勵志，蔡依林是故事。錦榮則是高潮。蔡依林可以是一則臉書專頁，每天刷，會有新東西跑出來。錦榮則是一個讚，很有重量，可你不會想他的後續或由來。真奇怪，你會想成為蔡依林，但很難會說「我想成為錦榮」。蔡依林是可以變成的，那正是她主打的形象——「地才」——很努力就可以蛻變。但錦榮就是錦榮。他那張混血兒一樣的臉變成為我們認識他的全部，他好像一開始就長這樣了，這麼完整，這樣成熟，這樣好看。所以九〇年代時，他不存在，像是個夢，而九〇年代過去，他更像是一個夢了。蔡依林跟錦榮在一起，那是夢中童話，錦榮是王子，很努力的蔡依林終於跟王子在一起。這是一個公主的故事。公主有故事，但王子是不會有的。他只是結局。一個Happy Ending。

那絕對不算Happy Ending，可是史帝夫．賈柏斯死去的時候，我倒想起錦榮來。

曾見蘋果榮景，哈佛商學院教授克雷頓．克里斯汀生（Clayton M. Christensen）所提出「創新的兩難」理論被人用來解釋蘋果的過去和未來。在他的理論中，建立都起於一種破壞，創意往往是對現有的一種挑釁，而賈柏斯是科技的刺客，給了世界一次突襲。「不是給顧客他想要的，而是給顧客知道原來這才是他要的，」賈柏斯比你更知道你需要什麼，你只是擁有慾望而已，而他給了你的慾望一個確實的形狀，那也許是一顆蘋果模樣的，到了你手上，成了果凍色一機成形的MAC，成了結合高智慧與低技能操作的iPhone，成了五千首音樂壓在一個小盒子裡的iPod。這確實是創新了。但當庫克接手，企業體穩固了，不間斷的生產線綿延成疆界，帝國城垛會隨著iPhone和iPad幾代幾代數字不停加高，可克里斯汀生以為，這正是蘋果的危機，昔日不停推出產品，「你不知道這次他上台會端出什麼」的發表會上驚喜盒成為Retina視網膜螢幕和隔幾個月釋出的iOS程式更新，產品越來越趨完美了，但顧客不需要完美，作為顧客，我們甚至不懂完美，視網膜螢幕和一般螢幕的解析度究竟差在哪裡呢？iOS 10.2版本和9.5說穿了又有什麼決定性的不同呢？除非昨天永不結束，最好賈柏斯一直活著，蘋果又開闢一個新的產品生產項目，否則根據「創新的兩難」理論，他的對手遲早會推出新的什麼，這個世界正虎視眈眈，明天的賈柏斯將幹掉今天的蘋果。

那是創新的兩難。而我想，這可不就是錦榮的兩難嘛？錦榮是不能成為的。賈柏斯也不行，你不能複製他，你只能延續，而延續正是衰落的開始。

我想，這說的何嘗不是寫作？書寫是一種艱難，創造都是這樣的，你進入一點點，再一點點，理解由點變成線，你試圖掌握他目前的形狀，你破壞，你在對現有的破壞中完成了創造，人家說那是創意。你意識到了，你參加文學獎，你開始發表，你覺得那是好玩的遊戲，你可以的，但也就是可以而已，你開始深入，然後，就憋了。就怯了。你追求完美，你不停更新，你抄寫，你閱讀，你更加閱讀，你開始在乎字的擺放，句子的短長，知輕重，講鬆緊，在虛與實之間拿捏，意有所指，若有似無。但你也越來越遲疑，你懂得越多，寫得越慢，你開始質疑，你連自己都質疑，而當你有一點點的篤定，換成別人不理解，他們開始不懂你了，連你都不懂自己了。其實你跟他們一樣的困惑，這樣寫是對的嘛？我該停在這裡嘛？但停下來就是衰落，可若一直前進，為什麼用那麼多力氣，卻只往前一點點呢？——啊，我明白人類第一次進入宇宙的感覺了，那樣的景色，迴旋的星雲以及失去了空間向度無限沿展的四合八方，「我知道你們也害怕，可是，這也是我的第一次啊」——終究，寫作終究成為孤獨的遊戲。孤獨並不恐怖，恐怖的是，遊戲有點不太好玩了。

曾經立定志向的那條路，正斜斜的往旁邊岔去。

忽忽回頭，發現已經十年過去了。

以為專注，悶頭向前，其實多半只是懸盪著，浮晃。我想，我也許是錦榮的夢。漂浮在九〇年代以後日漸浮躁的大氣中。

那時終於發現，只有我停在那裡，像是孤獨的少年，很倔強，以為堅持，其實近看時嘴角下垂，臉頰鬆垮，地心引力讓一切往下。

就這樣了嘛？

這就是錦榮的故事結局了。或者，我該做別的事情了。找些更好玩的事情做？

例如，成為王心凌？

直到後來，我真的遇到錦榮。

我們在台北的街角相遇，我依然喊得出他名字，包皮王。喔，不，「炸蝦」，我永遠記得他因為腸道受傷縮在醫院病床上的樣子。可連蔡依林都擺脫這個綽號了。九〇年代終究過去很久。「哪裡是炸蝦，」包皮王說，「現在我的綽號就叫緊容。請稱呼我『新北緊容』。」

「那次手術後，醫生好像把我後面作得太窄了。」他指了指後面：「但沒關係呦，我發現，這些找上我或我找上的男人都會說，他們這一生，都沒有碰到像我這樣緊的。」

他說：「但我只會給他們一次機會。我要他們永遠記得我。從那場手術以後，是我把我自己生下來，我是我自己的孩子。我是我自己的男人。上帝打造我，我打造了自己。那天以後，我就是新北緊容。緊的咧。」

「你要知道，不是他們幹我。是我在幹他們。」

這樣想起來，也許我太把寫作當一回事了，或者正是因為這樣想，才讓錦榮成為錦榮。當寫作就是那一回事，是一種技藝，越想以它扛起一切，但一切終究只剩下精進與磨練而已，就是這樣的努力，才會被它吞食掉，寫作相對於其他是安全而較為熟稔的，以為安全的道路才是危險的，完美的終點必然是不完美，奇怪的是不完美卻可以是完美的，難怪我這一生的成就都在於失敗，最誠實就是在於說謊的時候。這本書裡最早的作品寫於二〇〇五年，大部分的作品，例如輯三輯四所收錄的，很多年前就完成了，但也只是完成了，它們是我想呈現的面貌，我一直想讓它們更好，我想更完善我自己，可終究，它只能用它原本的面貌呈現，或者我只是不想承認而已，也許那是真的，哪部電影的台詞，We accept the love we think we deserve，「我們只能接受我們以為能接受的愛。」我只能寫出我以為能寫出的。

你也受了傷嘛？你也還沒出發嘛？你是否總在準備如我這麼久，卻發現，最好的時候已經過去了？

多年後，我的改變是，我學會放棄了。那其實更需要勇氣，包皮王說他變緊了，而我知道自己可以稍微放棄，不，不到放手，也許只是放鬆。雖然還是經常失望，但我現在學會笑了。我想讓遊戲更好玩一點。我在尋找失控，我放棄安全的道路，完美真無趣，我想要一點危險，我想讓寫作不只是那樣。再討論生活與寫作的關係是不必要的，但我希望寫作是危險的，它不能被生活馴服，它是膨大的，活跳跳抓不住，心底有浪潮起伏，葉子都在騷動，腳趾頭蠢蠢欲動，有點不安於室，所以不安於是，所以還可以說NO，有時安適，有時安室奈美惠，尖叫又蹦跳，它總是能重新喚起可能。它就是可能。

是我在幹他們。我說，管他的呢，放鬆一點吧，讓我們大幹一場吧。

然後我寫下輯一與輯二。

這不是結束。我希望它是一個開始。

僅以此，獻給你，或者還是思索什麼是「大人」的我們，我們還有很多可以玩。

發表索引

國家圖書館預行編目資料

Mr. Adult 大人先生／陳栢青著. --初版. --臺北市:寶瓶文化, 2016. 3
面； 公分. --(Island；254)

ISBN 978-986-406-046-7(平裝)

855 105002095

Island 254

Mr. Adult 大人先生

作者／陳栢青

發行人／張寶琴
社長兼總編輯／朱亞君
副總編輯／張純玲
資深編輯／丁慧瑋
編輯／林婕伃
美術主編／林慧雯
校對／賴逸娟・陳佩伶・劉素芬・陳栢青
營銷部主任／林歆婕 業務專員／林裕翔 企劃專員／李祉萱
財務主任／歐素琪
出版者／寶瓶文化事業股份有限公司
地址／台北市110信義區基隆路一段180號8樓
電話／(02)27494988 傳真／(02)27495072
郵政劃撥／19446403 寶瓶文化事業股份有限公司
印刷廠／世和印製企業有限公司
總經銷／大和書報圖書股份有限公司 電話／(02)89902588
地址／新北市五股工業區五工五路2號 傳真／(02)22997900
E-mail／aquarius@udngroup.com

法律顧問／理律法律事務所陳長文律師、蔣大中律師
如有破損或裝訂錯誤，請寄回本公司更換
著作完成日期／二〇一六年一月
初版一刷日期／二〇一六年三月三日
初版三刷+日期／二〇二〇年十二月十四日
ISBN／978-986-406-046-7
定價／三〇〇元

AQUARIUS 寶瓶 文化事業

愛書人卡

感謝您熱心的為我們填寫，
對您的意見，我們會認真的加以參考，
希望寶瓶文化推出的每一本書，都能得到您的肯定與永遠的支持。

系列：Island254 **書名：Mr. Adult 大人先生**

1. 姓名：__________ 性別：□男 □女
2. 生日：____年____月____日
3. 教育程度：□大學以上 □大學 □專科 □高中、高職 □高中職以下
4. 職業：__________
5. 聯絡地址：____________________
   聯絡電話：__________ 手機：__________
6. E-mail信箱：____________________
   □同意 □不同意 免費獲得寶瓶文化叢書訊息
7. 購買日期：____ 年 ____ 月 ____日
8. 您得知本書的管道：□報紙／雜誌 □電視／電台 □親友介紹 □逛書店 □網路 □傳單／海報 □廣告 □其他
9. 您在哪裡買到本書：□書店，店名________ □劃撥 □現場活動 □贈書 □網路購書，網站名稱：________ □其他________
10. 對本書的建議：（請填代號 1.滿意 2.尚可 3.再改進，請提供意見）
    內容：__________
    封面：__________
    編排：__________
    其他：__________
    綜合意見：____________________
11. 希望我們未來出版哪一類的書籍：____________________

讓文字與書寫的聲音大鳴大放

寶瓶文化事業股份有限公司

（請沿此虛線剪下）

廣　告　回　函
北區郵政管理局登記
證北台字15345號
免貼郵票

寶瓶文化事業股份有限公司　收

110台北市信義區基隆路一段180號8樓
8F,180 KEELUNG RD.,SEC.1,
TAIPEI.(110)TAIWAN R.O.C.

（請沿虛線對折後寄回，謝謝）